PIEKE BIERMANN

Potsdamer Ableben

Buch

Westberlin Ende der 80er Jahre, nahe dem Potsdamer Platz. Der Zeitgeist blüht und mit ihm sein Journalismus. Tot ist plötzlich nur Béatrice Bitterlich, genannt Tränen-Titty – seine hervorragende Vertreterin, berüchtigt für ihre Verrisse. Sie liegt vor dem Buffet der Promo-Party für »Richard Röhm und die Kerle«. Und natürlich ist es wieder niemand gewesen – nicht Regine Trübner-Zaecke, ihre Kollegin, die allen mit Fundi-Feminismus auf die Nerven geht, nicht die vier Gören von BTM, der besten band in town, nicht Richard Röhm alias Sascha Pietz, das schwule Mamasöhnchen aus Herne, das ihr kurz vor dem Ableben verdächtig nahe gestanden hatte, und nicht Hans-Jürgen »Hajott« Wielack, sein schmieriger Impresario, der selbst nicht mehr lange zu leben hat.

Die dritte Mordkommission MI/3 sähe ziemlich alt aus, wenn ihr Chef, der Erste Kriminalhauptkommissar Karin Lietze, nicht diese erstaunlich guten Drähte zur Huren-Initiative »Migräne e.V.« hätte…

Autorin

Pieke Biermann, geboren 1950, lebt als freie Schriftstellerin und Übersetzerin in Berlin.

»Potsdamer Ableben« ist der erste Roman der Serie mit dem MI/3 und erscheint hier zum ersten Mal in der vollständigen Originalfassung. Von dem Titel wurde auch eine zweiteilige, äußerst erfolgreiche Hörspielfassung produziert.

»Violetta« und »Herzrasen«, der zweite bzw. dritte Roman der Serie, erscheinen demnächst im Goldmann Taschenbuch.

Bereits erschienen ist der vierte Band
»Vier, Fünf, Sechs« (Manhattan, 54030).

Der fünfte Roman ist in Vorbereitung.

PIEKE BIERMANN

Potsdamer Ableben

Roman

GOLDMANN

Umwelthinweis:
Alle bedruckten Materialien dieses Taschenbuches
sind chlorfrei und umweltschonend.

Der Goldmann Verlag
ist ein Unternehmen der Verlagsgruppe Bertelsmann

Taschenbuchausgabe 9/98

Umschlaggestaltung: Design Team München
Umschlagillustration: Hendrik Dorgathen
Satz: Uhl + Massopust, Aalen
Druck: Elsnerdruck, Berlin
Verlagsnummer: 44024
MD · Herstellung: Sebastian Strohmaier
Made in Germany
ISBN 3-442-44024-6

1 3 5 7 9 10 8 6 4 2

Für Mo!

Ich möchte nicht jemand sein.
Ich möchte die Idee von jemand sein.
Letztlich gibt es keinen Karl Lagerfeld.
Das ist das ganze Geheimnis.

Karl Lagerfeld
im Zweiten Deutschen Fernsehen:
»It's your life!«

Inhalt

Karin Lietze steigt ein

DAS KLINGELN KAM MITTENDRIN. Sie war keineswegs fertig mit dem hübschen jungen Mann, der selig lächelnd neben ihr an der Wand lehnte. Noch nicht. Der Zeiger des Weckers stand auf drei Minuten vor halb zehn. Abends. Freitag abends. Als das Telefon zum dritten Mal klingelte, hatte sie den Hörer unter dem Kleiderhaufen hervorgefischt. »Hotel *Bellavista* - - - Roboldt am Tatort - - - M1/2 sitzt in Frohnau fest - - - Ich verständige die anderen.«

Sie rückte die Stimme gerade. »Ich fahre sofort hin.« Dann suchte sie den Rest des Telefons, warf den Hörer auf die Gabel und sagte leise, aber scharf: »Scheiße!«, rollte sich wieder unter die Decke und legte den Kopf auf den hübschen jungen Bauch. »Das kommt davon, wenn man *keine* Bereitschaft hat. Wer weiß, wozu's gut ist.«

Sie drehte den Kopf zu ihm hoch. »Wie heißen Sie eigentlich?«

»Heh heh heh«, raunte er und sah auf sie herab. Er war jetzt nicht mehr der satte Säugling, sondern ging in der Rolle des Komplizen auf. Er fuhr ihr über die blonden kurzen Haare und klang sehr verständnisvoll. »Hätt'ste doch ruhig sagen können, daß du Ärztin bist, du.« Das ›Du‹ eskortierte er durch ein Gesicht, als nähme er eben den wohlverdienten Wanderpokal für Frauenfreundlichkeit entgegen. Sie schoß hoch, warf einen mitleidigen Blick hinter sich und setzte sich auf die Kante. Sie dehnte sich, reckte die Arme und probierte Muskel für Muskel, wie es sich anfühlt, aus einer aromatisch verschwitzten Horizontalen wieder in Amt und Würden zu kommen. Seine Augen verfolgten jede ihrer Bewegungen. Sein Körper legte mit einem Ruck den Hebel auf »Spannung« um. Seine Stimme schaltete auf »Lockruf«.

»Ich hab's geahnt, du.«

»Was?«

»Na, ich meine, wurde ja auch Zeit, du. Ne?«

»Daß eine Ärztin sich *vor Ihnen* flachlegt?«

Er lief rot an und suchte Zuflucht im Gelächter. »Nee, du. So rum hab ich das noch gar nicht gesehen. Ich meine, ich find's einfach geil! Ich hab immer gesacht, laß die Bräute sich mal befreien – dann wer'n sie erst richtich scharf. Sexy und sozial, vastehste! Beides. Wurde doch echt Zeit.«

Sie hätte ihm einen Vortrag halten können. Wer wann was wie rum sah, war im Laufe der Jahre fester Bestandteil ihres Repertoires geworden. Aber dazu fehlte ihr nicht nur die Zeit. Also beschränkte sie sich darauf, sich ein Zigarillo anzustecken und ihm mit Lachen unter die Arme zu greifen.

Sie schlug die Bettdecke zurück und fand ihren Slip. Die übrigen Kleidungsstücke sammelte sie vom Boden auf und fegte ins Badezimmer. Zwei Minuten später stand sie wieder in der Tür, barfuß, mit offenen Jeans und Hemdchen, in der einen Hand eine Flasche, in der anderen einen Wattebausch, mit dem sie sich die Reste der Wimperndusche aus dem Gesicht wischte. »Bißchen Tempo, bitte. Ich bin fertig.«

»Fertig? Du?« gurrte er zurück und rührte sich nicht. »Stimmt doch gar nicht! Komm, einmal noch, ja? Dein Patient hat doch sowieso schon die Harfe in der Hand. Komm, ja? Du...« Dabei wälzte er sich quälend langsam aus dem Bett.

Oh, Gott dachte sie, das nächste Du überlebt er nicht. Jetzt nicht auch noch neckisch werden. Einfach gut aussehen und den

Mund halten. Reicht doch vollkommen. Das konnte ja nicht gutgehen. Sie hätte sich ohrfeigen können. Verdammt nochmal!

Inzwischen stand er frontal vor ihr. Für den Bruchteil einer Sekunde konnte er sich nicht entscheiden, wo er mit den Händen hinwollte – nur unter das Hemdchen oder gleich um die ganze Frau. Dann hatte das Schwitzkasten-Modell gesiegt, und ihr ging die Flasche erst ins Auge und dann auf den Teppich.

Sie schlug ihm die Arme weg und packte ihn bei den Gelenken. »Tun Sie mir einen Gefallen: Versuchen Sie bitte nicht, geistreich zu sein. *Das* steht Ihnen nicht! Schreiben Sie lieber Ihre Nummer auf.«

Sie wischte sich die Hand an der Jeans ab. rieb sich das Auge, hob die Flasche vom Teppichboden, der einen dunklen Fleck hatte, und fegte zum zweiten Mal aus dem Schlafzimmer. »Und beeilen Sie sich, äh –!«

»Klaus!« rief er hinter ihr her. »Und wie heißt du?«

»HIER, wie find'sten den: *Dokument-arische und dokumentarschige Filme – Béatrice Bitterlichs Kinonotizen?* Spitzentitel, war, Günter? Günter!«

Günter Messing starrte auf das Manuskript. Tränen-Titty, wie sie leibte und lebte. Gefühl und Härte. Tthh – Gewühl und Hertie. *German blend.* Erbarmungslos. Buchstäblich zum Heulen. Entweder hatte Titty im Kino saftig Tränen vergießen dürfen, dann fielen ihre Besprechungen jubelnd aus. Obwohl – Besprechungen konnte man das gar nicht nennen. Es war eher eine Art Statistik über den »Weinwert«, wie sie es nannte. Genaue Angaben über die Zahl der Papiertaschentücher, die Titty unter den jeweiligen Kinosessel hatte fallenlassen können, sowie über die Halbwertzeit der jeweils folgenden Augenrötungen. Oder sie hatte nicht »abheulen« können, und dann schien sie sich rächen zu müssen, indem sie anderen die Tränen in die Augen trieb. Sie schneuzte sich hörbar. Günter Messing schlurfte zu seinem eigenen Schreibtisch zurück.

»Eh Mann, wat haste denn? Find'ste nich jut?«

Vielleicht war alles seine Schuld. Vielleicht hätte er ihr gleich vor drei Jahren sagen sollen, paß mal auf, Titty, werd PR-Tante oder Groupie, dann sitzt du direkt an der Quelle und brauchst dich nicht auch noch mit Schreiben zu belasten. Aber er hatte es ihr nicht gesagt. Er hatte drei Jahre lang darüber hinwegredigiert, daß sie weder anständig recherchieren noch anständig formulieren konnte. Vor der Öffentlichkeit ließ sich das ja eventuell verbergen. Aber es war nur noch eine Frage von Tagen, daß der Hauptabteilungsleiter –.

»Mensch, Günter! Wat iss'n los mit dir? Magste mich nich mehr?« Wieder trompetete sie ins Taschentuch.

Hatte er sie je gemocht? Na ja – ganz witzig konnte sie sein. Manchmal. Und sie hatte eine herrlich frauliche Figur. Wenn auch etwas zu üppig für die achtziger Jahre. Dazu dichte dunkelbraune Haare, einen sinnlich geschwungenen Maria-Schneider-Mund und ein paar unruhige grüne Augen. Aber genau mit denen begann die Katastrophe. Sie blieben einfach zu selten auf den Dingen liegen, die sie von Amts wegen betrachten sollten. Sie rutschten pünktlich auf jeden herumstehenden Hosenträger. Man konnte die Uhr danach stellen. Mußte sie denn unbedingt Kulturredakteurin sein? Dieser Typ Frau lag nicht mehr im Trend. Nicht in dieser Halbinsel der Frauen. Nicht in Westberlin.

Das Telefon klingelte. »Redaktion PUZ, Messing.«

»Also Günter – du kannst euerm Putzlappen da einen freundlichen Elfmeter von mir bestellen, und entweder sie räumt gelegentlich ihren Schreibtisch auf oder sie legt sich einen Blindenhund zu. Ich habe euch viermal zwei Einladungen geschickt, aber sie kriegt in Zukunft keine einzige mehr! Schwirren weiß Gott schon genug Pilotfischchen in der Szene rum und hängen den geborenen Hai raus! Sag ihr das.«

Vera W. Jansen war sauer. Zu Recht. Aber es waren eben einfach anderthalb Minuten über gewesen, gestern abend, und natürlich hatte sich das erst kurz vor Schluß herausgestellt, als Béatrice Bitterlich ihre Kinonotizen verlas, und er war nicht im Studio gewesen. Irgend jemand hatte gesagt: »Improvisieren«, und ihr war nichts Geschmackvolleres eingefallen, als sich darüber zu beschweren, daß sie zu der Promoparty heute abend nicht geladen worden war. Live. Unredigiert. Man habe wohl, so hatte Titty vor sich hin improvisiert, bei der CES Schiß, sie, Béatrice Bitterlich, die Berliner Schnauze der achtziger Jahre, könnte – aufs Büfett scheißen.

Das war es, was Vera so aufgebracht hatte. Vera war PR-Chefin der Communications-Entertainment-Show Company.

»Ach, Titty.« Er hatte sich so ans Achselzucken gewöhnt, daß er fest mit Parkinson rechnete, noch vor seinem vierzigsten Geburtstag. Andere hatten es besser. Andere hatten Haare, die sie sich raufen konnten. »Mit so einem Wort wie arisch muß man sehr vorsichtig sein. Sowas kann nach hinten losgehen.«

»Hähähä, mein ick doch: in'n Arsch. Sach ick doch. Steh ick ooch zu!«

Von wegen Stehen. Wenn hier jemand stand, dann er, Günter Messing, und zwar gerade. Für all den Schrott, der trotzdem über den Sender ging, und wenn er noch soviel ausbügelte. Es war nichts zu machen. Titty war einfach um Längen zu kurz gekommen bei der Verteilung von Grips und Sehkraft. »Das war Vera eben. Sie sagt, sie *hat* dir zwei Karten geschickt. Du sollst noch mal genau nachsehen.«

Genau! Genauigkeit war ihre Stärke auch nicht. Höchstens Zielgenauigkeit, wenn es unter Gürtellinien ging. Bei Künstlern mit den Augen, bei Künstlerinnen mit Worten. Er sah das plötzlich völlig klar. Er erschrak. Die gemeinsten Verrisse hatte Titty gegen Frauen verfaßt. Mit wahrhaft diabetischem Lächeln. Es stimmte offenbar.

»Frauen sind eben doch die besseren Weiberfeinde«, entfuhr es ihm. Womöglich war es auch nur noch eine Frage von Tagen, daß irgendein Frauenbataillon die Redaktion in Brand setzte. Oder zumindest die Wände mit Sprayflaschen traktierte. Oder gar – *ihn* nackt auszog! Und anmalte! Und fotografierte! Irgendwelche »revolutionären Eizellen« –.

»Da haste recht. Vera ist ne echte Ekelschwelle. Bestimmt frigide, die Alte.«

Günter Messing lachte auf. »Titty, mir fällt gerade was ein. Du könntest doch eine Zeitlang auf Tauchstation gehen. Wir verpassen dir ein schönes Pseudonym, dann hören die Proteste auf. Dann denken alle, du bist weg. Wie wär's mit Galle?«

Béatrice Bitterlich wühlte schon wieder in der Hosentasche. Dann starrte sie ihn an (*ober*halb der Gürtellinie) und trompetete wieder ins Taschentuch. Sie schien nach irgendeiner Erklärung in seinem Gesicht zu suchen. Plötzlich sprang sie auf, warf die Gegenstände auf ihrem Schreibtisch durcheinander und keuchte: »Ick wer' wahnsinnig – meine Nougats sind weg!«

»Du sollst sowieso nicht soviel Schokolade essen. Das stopft. Heh! Glaubersalz! Das ist gut. Das ist auch bitter, und das spült gut durch. Viel besser als Tränen. Gitty Glaubersalz.«

Er wurde richtig heiter. Bitterlich. Er hatte dabei immer nur an Weinen gedacht, als gelernter Katholik, bibelfest. Wenigstens in Jugendjahren. *Er* hatte sie Tränen-Titty genannt. Er liebte so etwas. Wörtlichnehmen, das war sein Credo, ist das A und O eines jeden, der es mit der Sprache zu tun bekommt. Er hatte sie überschätzt. Aber vielleicht konnte man sie einfach auf eine andere Schiene setzen, wörtlich. Vielleicht, wenn man ihr das *richtige* Gift einflößte. Wenn man ihren Blick auf schlechte *Männer*filme lenkte. Oder auf das Fernsehen. Das war ein weites Feld! Wenn man ihr die Berliner Schnauze ein bißchen aufpolierte... Ebenso plötzlich wurde er wieder finster. Zur Schnauze gehörte Herz. Und das lag entweder direkt hinter den Augen oder –. Oder was? Hinter Tittys Augen saßen erstens der Magen und zweitens die Geschlechtsteile. Direkt. Und sie hatte nicht das Problem, daß die Augen größer waren als der Rest.

»Scheiße.« Sollten ihr doch sämtliche geräucherten Gratisfische im Halse steckenbleiben!

»Eh – hier sind ja die Karten. Aber mein Nougat ist immer noch weg. Hier klaut wer! Is ja ätzend!«

Genau auf dem Ä setzte ihre Nase wieder zu einem Trompetensolo an, das Titty dadurch verlängerte, daß sie es zu unterdrücken versuchte. »*Det* is Scheiße! Det ick'n Schnupfen kriege. Vielleicht hab ick schon Fieber – ausjegerechnet heute. Wo ick diesen Ruhrpott-Richy aufm Programm hab!«

»Für die Serie *Prolet-arische und prolet-arschige Popstars*, was? Laß es, Titty. Ich kann dir jetzt schon sagen, was dabei rauskommt. Halt dich lieber an der kalten Platte und am Schnaps fest.«

»Du bist richtich zickich heute, Günter. Wat mein'sten da wieder mit?«

»Daß Richard Röhm dich nicht mal mit'n Arsch ankuckt. Aber vielleicht kannst du bei den *Kerlen* landen.«

»Meinste, der is schwul oder wat? Na, det woll'n wa erst mal sehen. Det hat schon mancher von sich jedacht.«

Es war sinnlos. Er mußte sich etwas einfallen lassen.

»MEINE DAMEN UND HERREN, der Sender West-Berlin brachte Ihnen Nachrichten. Über Verkehrsbehinderungen liegen uns keine Angaben vor. Die nächsten Meldungen hören Sie um 19 Uhr 30 über SWB 1 und 3. Die genaue Zeit: Es ist 18 Uhr und 36 Minuten.« Kennmusik, zwanzig Sekunden, Regler runter, Studiomikro auf. »Einen wunderschönen guten Abend, Leute. Dies ist wieder PUZ, das Magazin für post-urbanen Zeitgeist. Die heißeste Sendung zu dieser Zeit in dieser Stadt. Die nächsten 53 Minuten gehören wieder wie jeden Abend der Szene, in der es abgeht. Am Mikrofon Günter Messing, und wir gehen gleich voll auf Programm, und auf dem steht heute –«.

Detlev Roboldt konnte nicht mehr hören, was heute abend auf dem PUZ-Programm stand. Er hatte seinen Rasierapparat in Gang gesetzt, und der war modern, also antik. Modern hieß alte Möbel und neue Nervositäten, kicherte er. Das hatte er irgendwo gelesen. Ein Rasierapparat, der keinen Krach machte, war vermutlich postmodern. Neue Möbel – alte Nervositäten, überlegte er weiter, während er zum zweiten Mal an diesemTag versuchte, die unerwünschten Haare am unteren Teil seines Kopfes zu entfernen.

Er ging selten abends aus. Eigentlich nur, wenn seine Mutter zu Besuch da war. Dann pellte er sich nach Feierabend aus dem Ei. Oder wenn alle Indizien dafür sprachen, daß er sich verknallt hatte. Das war allerdings ewig nicht mehr vorgekommen. Und für die seltenen kleinen Zwischenfälle in seiner Stammkneipe mußte man nicht aus dem Ei gepellt sein. Auf so einer Party wie heute abend war er überhaupt noch nie gewesen. Promoparty, hatte Larry gesagt. Larry hatte er vor ein paar Tagen zufällig auf der Straße getroffen, und Larry arbeitete inzwischen offenbar im Showbusiness. Vornehm gesagt. Mit dem Wort Roadie hatte Roboldt nichts anfangen können. Bei Evelyn Künneke gab es so etwas nicht. Und bei David Bowie damals, die Panzerschränke, die bei der Zugabe vorn auf der Bühne herumgefuchtelt hatten, die hatte er für Leibwächter gehalten.

»Roadies sind Leibwächter für die Instrumente, you know«, hatte Larry gelacht. Mit diesem breiten weißen Gebiß.

Er trat unter die Dusche. Warum nicht. Wer weiß, wen du da alles triffst...

Eine Viertelstunde später langte er nach dem Handtuch auf dem Hocker und riß den Stapel Kleider herunter. Es schepperte metallisch, und Roboldt schrak zusammen. Dann grinste er. Die Pistole war samt Halfter in den weißen Übertopf der Palme gerutscht. Was für ein wohliges Gefühl, stellte er fest. Die Aussicht auf ein bißchen Aufregung, die nicht mit einer Leiche begann. Er schaltete die Dusche ab und schob sich das Handtuch über die Haut. An manchen Stellen etwas liebevoller als an anderen. Er fing allmählich an, sich sauwohl zu fühlen.

»...gezwungen wird, drei Jungfaschos zu willen zu sein...«

Er entstieg dem Duschbecken und genoß seinen Anblick im Spiegel. Dann verteilte er großzügig ein paar Extraportionen *Jil Sander Man Two* auf ausgewählte Partien seines Körpers. Und hob Kleider und Pistole auf.

»...kommt halt wieder die Frage auf, was daran gut sein soll, die Realität als Kriterium zu halten...«

Roboldt stutzte. Etwas stimmte nicht an dem Satz. Aber bevor er sich damit auseinandersetzen konnte, ertönte wieder Musik. In Gänsefüßchen, dachte er. Eigentlich war Musik etwas anderes als der dumpfe Kruppstahl-Klangteppich, der bis in den Flur hinter ihm herrollte. Er schloß die Pistole weg. Dann nahm er das Magazin und ging in die Küche, um es ebenfalls wegzuschließen. Als er wieder am Radio vorbeikam, erwähnte Günter Messing eben »Richard Röhm und die Kerle«. Heh! Waren das nicht *die* –? Sehn Se, det is Balien, pfiff er geschmeichelt. Ein Familienbetrieb. Die

Vorzüge der Insellage. Du hörst was im Radio, du siehst was im Fernsehen, und kurz danach kannst du live dabei sein. Er schwelgte in Wohlgefühl. Er lebte in einem erregenden Klima. Mehr noch: Er war *Teil* davon. Jedenfalls heute abend. Seine Mundwinkel näherten sich den Ohrläppchen. Ausgerechnet er.

Er hörte den Abspann nicht mehr. »...heutige Kinonotizen zum allerletzten Mal von Béatrice Bitterlich. Deren vorzeitiges Ableben ich hiermit erschüttert zur Kenntnis gebe. Aber keine Sorge, liebe Szene, wir haben ja die Seelenwanderung. Für fließende Übergänge ist gesorgt. Wo eben noch unser Doppel-B-Picture wirkte, wird ab Montag der neue Doppel-G-Punkt aktiv. Gitty Glaubersalz übernimmt...«

Und natürlich konnte er das seltsame Grinsen des Moderators Messing dabei nicht sehen. Detlev Roboldt stand längst wieder im Flur vor dem Kleiderschrank und suchte nach dem zweiten lavendelblauen Socken.

»ALSO GUT, WIELACK, dieses eine Mal. Aber das sage ich dir, die haben sich zum letzten Mal geleistet, vor einer Promoparty, für die wir einen Haufen Geld hinlegen, zu versacken. Beim nächsten Mal fliegen sie. Ich an deiner Stelle würde schon mal Ausschau nach ein paar neuen Kerlen halten. Aussehen tun sie sowieso einer wie der andere!« Vera Jansen warf sich eine Nadelstreifenjacke mit breiten Schulterpolstern über, winkte Larry mit einer energischen Kopfbewegung zu sich und schritt aus der Garderobe.

Hans-Jürgen Wielack ließ sich auf einen wackligen Stuhl sinken und zog ein großes Taschentuch aus der Hose seines khakifarbenen Kolonialherrenanzugs. Er sah sich um, während er Stirn und Nacken abtupfte. Und das ist das letzte Mal, schäumte er innerlich, daß ich und meine neue Kultgruppe mit Provisorien vorliebnehmen! Garderobe! Gerade mal ein ausrangierter Kleiderschrank, ein paar Kleiderbügel und zweieinhalb Stühle. Kein richtiger Spiegel, nichts. Das Lichtpult ist der reine Witz. Damals, im Metropol... Sein Gesicht schwankte zwischen weinrot und stahlblau. Er fuhr sich ein paarmal durch die nassen Haare.

»Ich hab dir ja gesaacht, datte nich bloß auf mir aufpassen muß«, sagte ein zierlicher junger Mann, der in einer Lederuniform klemmte.

»Du hältst die Klappe!« schnarrte Wielack.

Die Tür flog auf, und herein sirrte eine akustische Keule, gefolgt von einer hellvioletten Fallschirmspringermontur, in der eine Frau in den besten Männerjahren mit graublonden Sägeblattlocken und einem blauroten Sparmund steckte. Sie warf einen knappen herablassenden Blick auf den kleinen Ledermann und faßte dann Wielack scharf ins Auge.

»So, HaJott!« rieselte es. »Jetzt habe ich dich, und jetzt werde ich dir ein paar Sachen ein für allemal stecken. Du gehörst zu den miesesten Chauvischweinen, die mir in meinem ganzen Leben untergekommen sind!«

Der kleine Ledermann spitzte die Ohren.

Auf HaJott Wielacks Stirn glänzten neue Schweißperlen. Er sah sie gequält an. »Welche Ehre, meine Liebe!« gab er zurück. »Bei deinem Alter müssen das ja Unmengen von Konkurrenten sein, die ich aus dem Feld geschlagen habe.«

»Wag nie wieder, mich deine Liebe zu nennen!« schnappte es. »Und hör zu, ich –«.

»Keine Sorge, Regine«, grinste Wielack. »Ich kenne niemanden, der es schafft, *deine* Stimme zu überhören.«

»– ich sage es dir nämlich nur einmal. Du bist ein Schwein –«.

»Das sagtest du schon.« Wielack sah den kleinen Ledermann an.

Der stand stumm daneben und hielt die Ohren weiter offen.

»– und was du Micky angetan hast, das ist überhaupt nicht wiedergutzumachen.«

Wielack gab dem Kleinen Zeichen zu verschwinden, aber der übersah sie. »Also, jetzt hörst du *mir* mal zu, Regine«, fing er an.

»Ganz und gar nicht!« fuhr sie dazwischen. »Wir Frauen haben euch Mackern viel zu lange zugehört, und wir haben auch viel zu lange den Mund gehalten. Damit ist jetzt Schluß. Schluß Schluß Schluß, verstanden!«

Wielack warf ein paarmal den Kopf heftig hin und her und versuchte, den Kleinen dabei anzusehen. Aber der sah weiter in gespielter Langeweile auf die akustische Salzsäule. »Ach, Regine«, seufzte Wielack. »Du solltest wirklich versuchen, ins Fernsehen zu kommen. Mach Talkshows, da kannst du reden, soviel du willst. Und wir können getrost den Telecommander betätigen.« Er sah genervt aus.

»Eben darum geht es«, rieselte es weiter. »Darüber werden wir uns jetzt unterhalten. Ich bin mir allerdings nicht sicher, ob du deinen Milchbubi hier unbedingt dabeihaben möchtest. Ich meine, *mir* macht es nichts aus. Aber ich bezweifle, daß er sich noch von dir managen läßt, wenn er erfährt, was du –«.

Jetzt sah der Kleine Wielack an.

»Verschwinde endlich«, kommandierte Wielack. »Kümmer dich um deine Gäste!«

Der Kleine zog einen Schmollmund. »Ganz alleine?«

»Ich kann nichts dafür, wenn deine versoffenen Kumpel in irgendeiner Kneipe versackt sind. Raus jetzt!«

Regine musterte erstaunt erst Wielack, dann den Kleinen, der sich jetzt in Zeitlupe die Lederhose zurechtschob, die Jacke zuzog und vor einem Spiegel in der Schranktür sein Aussehen überprüfte.

»Mach, daß du rauskommst, Röhm! Und vergiß nicht, was ich dir gesagt habe, Kerl!« Wielacks Stimme klang jetzt eher nach geballter Faust, und er tupfte wieder mit dem Taschentuch an sich herum.

Regine sirrte und sirrte. Röhm verstand nicht viel, er schnappte nur noch ein paarmal den Namen Micky und Be-Te-Em und Fernsehen auf. Das letzte, was er aus den akustischen Rieselfeldern heraushörte, bevor er die Tür zwischen der Garderobe und dem Saal zuzog, war der Anfang einer Art Kreissägen-Crescendo: »Entweder du besorgst mir den, und zwar sehr schnell, oder ich garantiere dir –«.

Dann schnappte die Tür zu.

AN EINER WAND des großen Festsaals im dreizehnten Stock des Hotelturms flimmerte ein Videoclip, und aus vier riesigen stahlgrauen Containern wummerte Musik. Es dauerte seine Zeit, bis jemand bemerkte, daß nicht alles exakt nach Programm lief.

Obwohl der Raum brechend voll war. Gut hundert fast ausschließlich jugendliche Menschen, die einen einheitlichen Hang zur Neuen Scheußlichkeit zu haben schienen, starrten auf die zwanzig Videoschirme. Vom eigenen Wort konnte keine Rede sein – Richard Röhm und seine Kerle griffen direkt nach dem Trommelfell, um sich unmittelbar danach auf die Magennerven zu stürzen. Sound ohne Raum. Roboldt fühlte sich benommen. Er sah um sich. Links neben ihm stand ein Mann im Dracula-Cape. Taft. Darunter Leder. Nein – Plastik? Jeans und Schnauzer war offenbar gar nicht mehr in. Roboldt verspürte den ungemütlichen Verdacht, daß ihm allein schon sein Wortschatz hier zum Status eines Asylbewerbers verhelfen konnte. Vermutlich sagte längst kein Mensch mehr *in* und *out*. Sondern? *Angesagt*. Und das Gegenteil? *Abgesagt?* Und wer sagte hier an und ab? Dracula vielleicht. Oder die Frau an seiner Seite in diesem atemberaubenden schwarzen Satinfummel, knalleng. Ein Rückendécolleté, daß einem die Augen landunter gingen. Back ist beautiful, fand Roboldt. Wer drauf steht... Er reckte sich stolz. Drauf stehen. Das war's. Er hatte Anschluß gefunden.

»Eh, Mann, keen Fernseha ssu Hause oder wat is?« Dracula hatte sich von dem satinfreien Rücken losgerissen und kam auf ihn zu. Roboldt schrak zusammen. Dann schwang Miß Rücken die blonden Locken herum und schmiegte sich wieder an Dracula. Ganz die Laszive. »Wenigstens sind die Zähne normal lang!« keuchte Roboldt innerlich. Und dann bemerkte er, daß auch der satinfreie Rücken einem Mann gehörte. Irritiert drehte er sich zur anderen Seite. Das trauten sich nicht mal die Tunten in seiner Stammkneipe! So öffentlich! Hatte er gar nichts von gelesen.

Wie rum wohl die Frauen rechts von ihm waren? Zwei hatten uringelbe Stoppeln asymmetrisch über den Kopf verteilt, die dritte trug denselben Schnitt in Yves-Klein-Blau, und die vierte glänzte mit giftgrünen Strähnen. Sie waren so verklebt, daß Roboldt den dringenden Wunsch verspürte, sich die Haare zu waschen. Er faßte sich an den Kopf. Ah nein – er *hatte* sie gewaschen. Vor ein paar Stunden. Extra. Sie waren weich und locker und frisch und hoffentlich immer noch naturschwarz. Obwohl – in dieser Bleikammer hätte ohnehin kaum jemand nach ersten grauen Haaren gefahndet.

Aus den Hosen und Hemden, die die vier mutmaßlichen Frauen um sich herumhängen hatten, ließ sich auch kein eindeutiges Geschlecht ableiten. Riesenhosen mit Riesenträgern in Asphaltgrau. Und an jedem Hintern ein Taschentuch – exakt nach Proporz, zwei rechts, zwei links. Grau-braun-schwarz gemusterte Hemden steckten halb in den Hosen, halb hingen sie heraus. Roboldt schob sich näher heran.

»...der kommt hier nich raus, der Arsch! Det sage icke!« schnappte er aus dem Yves-Klein-Mund auf. Er ging noch dichter ran.

»...machen wa platt!«

»Det einzije Problem is noch diese Schnalle. Die scheint den nemmich gerade abzuschleppen!«

»Det is keen Problem. Die räumen wa notfalls ooch ab. Det is *een* Aufwasch!«

Kuck an, dachte Roboldt. Aufwasch sagt man immer noch. Dann stutzte er. Da standen Buchstaben auf den Taschentüchern. Doch, kein Zweifel! Ein B, ein T und ein M. Das gibt's nicht, grinste er. Die muß ich haben. Für den nächsten Geburtstag bei den Drogenkollegen. Er ging auf die giftgrüne Kleinste zu, setzte sein vertrauenerweckendstes Lächeln auf und wollte gerade fragen, wo man denn, bittschön, vielleicht –. Da traf ihn ein düsterer Blick, und jemand rempelte ihn an. »Was grinst'n der so dämlich?« hörte er. Er gab auf. Hier wurde nicht gelächelt. Er wollte nicht mehr fraternisieren. Er wandte sich ab. Er fühlte sich plötzlich sehr fehl am Platz. Er starrte auf seine lavendelblauen Socken und den lavendelblauen Schlips, den er locker geschlungen über dem blaßblauen Hemd trug. Kulturstrick. Zum Aufknüpfen zu weich. Er fühlte sich nicht einmal mehr in seiner Jeans heimisch. Wenn ich mir endlich mal *Armani* leiste, dachte er grimmig. Abgesagt. Einfach abgesagt! Wieso hatte er das bloß alles nicht mitgekriegt? Wo *stand* denn sowas?

Er kam nicht weit mit seinen kulturhistorischen Betrachtungen. Etwa zehn Meter hinter ihm, noch hinter einem Knäuel von Kerlen in schwarzen Motorradmonturen und mit Ketten an den erstaunlichsten Körperteilen, war Bewegung angesagt. Da steht doch das Büfett! Fangen die einfach mittendrin an zu essen? Wie unhöflich. Oder heißt das, die Abstimmung des Abends wird mit den Füßen gemacht? Dann ist Richard Röhm wohl soeben durchgefallen.

Er sah sich um. Keine Spur von Larry. Er zwängte sich durch die Menge in Richtung Knäuel. Auf dem Weg versuchte er ein paarmal, erkennungsdienstliche Hinweise zu erfragen. Aber alle waren damit beschäftigt, gelangweilt auszusehen, und zuckten bestenfalls die Schultern. Ob hier was passiert war? Blöde Frage. Weswegen kamen sie denn wohl? Damit *nichts* passierte? Cool it, man. Wo wir sind, geht immer die action ab!

Er nahm sich vor, ruhig zu bleiben. Du bist hier nicht im Dienst, Detlev, redete er sich gut zu. Das gehört zur Show. Kuck's dir an und halt dich raus.

Aber ein leises Ziehen in seinem Unterbauch trieb ihn weiter. Die letzten anderthalb Meter bis zu den kalten Platten mußte er sich durchboxen. Er griff automatisch nach seiner Hundemarke. Ist doch eine enorme Erleichterung, dachte er. Dann ließ er die Hand in die Tasche gleiten, so tief es ging. Wenn man sie *dabeihat*! Mist. Er dachte an die beiden Jungs mit den schwarzen Lederkappen, an denen er vorbeigekommen war. Sie hatten Handschellen an Koppeln hängen gehabt, und *die* hatten bestimmt auch Polizeimarken griffbereit! Der eine hatte ganz nett ausgesehen. Zweitagebart. Roboldt mußte grinsen. Original und Fälschung. Sofort danach sackten seine Mundwinkel in die entgegengesetzte Richtung. Unter ihm, der Länge nach vor dem Tisch mit den kalten Platten, auf dem Boden, lag eine hilflose Person. Und *die* war eindeutig weiblich. Und eindeutig reglos. Und hatte einen gar nicht gelangweilten Ausdruck auf dem Gesicht. In ihren grünen Augen stand ein Blick, als wäre sie einen Moment vorher von einem echten Gefühl überfallen worden. Diese Überraschung war auf ihrem ganzen Gesicht eingefroren. Der Kopf lag auf einer Masse dichter brauner Haare. Roboldt sah an ihr entlang. Es war genau die Frau, die Larry ihm vor einer Viertelstunde gezeigt hatte. »Wenn du dich langweilst – keep an eye on her. Even a private one. Die ist von der Putzfraktion, und hier sind eine Menge people, die noch eine Rechnung mit ihr haben. Kann sein, daß die sieht heute abend kein Sonne. She's a real pain in the ass.«

Sie trug eine ehemals weiße Hose, viel zu weit, ein T-Shirt, viel zu scheckig und mit der Aufschrift, »Lieber niederträchtig als hochschwanger«, und darüber ein verknautschtes rotes Riesenblouson. An den Füßen die Sorte Turnschuhe, in denen heutzutage Minister wie Ministranten Weihrauch schwenken, und dicke, melierte Wollsocken. Einen Augenblick lang starrte Roboldt fasziniert auf den weichen Berg offensichtlich erloschenen Lebens. War das die neue Weiblichkeit? Kleider, die soweit von jedem eventuellen Körper abstanden, daß man mit dem Schlimmsten rechnen mußte?

Dann *war* er im Dienst. Bückte sich. Sah ihr in die Pupillen. Unter die Zunge. In die Nase. Untersuchte beide Armbeugen. Niemand hielt ihn zurück. Er schoß wieder hoch. Drehte sich um. Griff sich einen leicht verkratzten Lackaffen mit Haaren im Wet Look, der nach Manager roch, und fragte nach dem nächsten Telefon.

»Aber natürlich, ja, selbstverständlich. Sofort die Polizei verständigen. Ich werde das sofort checken.«

»Erst den Notarzt, über Eins-Eins-Zwei. Dann die Eins-Eins-Null, und denen sagen Sie, der Roboldt vom Emm-Eins-Drei ist hier!« rief er hinter dem Wasserkopf her.

»Aber natürlich, selbstverständlich. Der Kobold. Geht in Ordnung.«

»HINTER DER LÜTZOW kannste mich absetzen, ich geh den Rest zu Fuß.« Allmählich war Klaus sauer. Die hatte doch 'n Rad ab, die Alte. So ein Streß. Dabei war sie vorher ganz soft gewesen. Er lehnte sich zurück und schloß die Augen. Seine Knie stießen an das Handschuhfach. Naja, kein Wunder. Bei seiner Begabung! Kein Wunder. Bloß, wieso sie ihn nicht am *Potsdamer Abkommen* absetzen wollte? Lag doch genau auf ihrem Weg zum *Bellavista.* Nur weil er noch nicht ganz angezogen war, als sie wie ein Tornado in der Tür herumgewirbelt war. »Erzählst du mir irgendwann, was im Bella los war?« fragte er möglichst liebenswert.

Sie schwieg.

»Das ist ja der bescheuertste Name, den ich je gehört habe«, plauderte er weiter. »*Bellavista!* Bello sind da auch bloß die Klos. Also jedenfalls verglichen mit den Blechcontainern auf dem Flohmarkt. Ich hab da nämlich oft was verkauft.« Er sah sie an. Keine Reaktion. Bei dem Fahrstil, dachte er. »Heißt schöne Aussicht, wußtest du das?«

Sie drehte den Kopf nach links, um jemanden auf der Überholspur abzupassen.

»*Bellavista*, echt! Beller geht's gar nicht. Auf der einen Seite haben sie die Freiheit der Andersdenkenden ermordet, und auf der anderen steht das deutsch-deutsche Gesamtkunstwerk. Graffiti, soweit das Auge reicht. Daneben ist übrigens meine Firma.«

Sie stieß einen leisen Fluch aus.

Ach, leck mich doch, dachte er. Er würde jetzt einen Blue Jalta trinken und ein bißchen Ruhe ins Spiel bringen. Und dann würde er in die Firma gehen und kucken, wie weit die anderen mit der Abmischung waren. Je eher der BTM-Clip fertig wurde, desto besser. Und dann: Schotter klar und ab in die Sonne. Er kam gerade in Arrecife die Gangway hinuntergeschlendert, als die Bremsen quietschten und er fast durch die Windschutzscheibe flog.

»Hier?« fragte sie.

Oh Gott, dachte er. Denn er sah den LKW, der im selben Moment aus der Einfahrt herausrollte. »Scheiße!« hörte er sie fluchen. Zum zweiten Mal an diesem Abend. Laut.

»Alles bloß, weil Sie so lahmarschig sind!«

Er tauchte ab und suchte unter seinem Sitz nach dem Zigarillo, das ihr beim Schalten aus den Fingern gerollt war. Von hinten klingelte ein Radfahrer, den sie beim Zurücksetzen knapp verfehlt hatte, von links gellte ein Auto, das ihm in letzter Sekunde ausgewichen war. Und von vorn trötete der LKW. Bloß raus hier, befahl sich Klaus. Bevor auch dich der Streß so richtig ins Herz schließt.

Er klappte die Beifahrertür auf, beugte sich zu ihr hinüber, reichte ihr den Stummel und fragte, so verführerisch es ging: »Und wann bringen wir die Szene von vorhin *ganz* in den Kasten?«

Sie atmete einmal tief durch. »Tut mir leid. Das war nicht abzusehen. Ja, äh – ich rufe Sie an.«

Die hat 'ne Klatsche mit ihrem ewigen Sie, dachte er. Obwohl, das hat was. Er nahm ihr den Stummel aus dem Mund und drückte einen Hauch von Kuß drauf. »Aber bald, ja? D-d-tschau!«

Sanft ließ er die Tür von außen ins Schloß gleiten. Zu sanft. Er sah, wie sie das Gesicht verzog, die Tür noch einmal aufstieß und dann zuknallte. Er blieb auf dem Bürgersteig stehen und beobachtete, wie sich der LKW in Zeitlupe aus der Einfahrt schob. Oh Gott, dachte Klaus, ebenfalls zum zweiten Mal an diesem Abend, obwohl er sonst nicht sehr gläubig war. Jetzt hängt sie dahinter. Dann hörte er wieder Reifen quietschen und sah, wie sie ganz nach links abdrehte und hinter der Potsdamer Brücke nach links bog. Wo will die denn hin? Das *Bellavista* ist doch rechts!

Er mußte ein Stück zurückgehen. In Frankreich siezen sie sich noch nach dreißig Jahren Ehebett, überlegte er und schob sich den Rest ihres Zigarillos zwischen die Lippen. Und zwar vor allem da. Das nächste Mal würde er auch Sie sagen, »Madame!«

Er riß die Tür zum *Potsdamer Abkommen* auf und prallte gegen eine sehr hellhäutige hagere Schönheit mit neonweißen Locken und existentialistischen Balken um die Augen.

»Nix Madame, Süßer! Und außerdem bin ich heute nicht mehr im Dienst!« zischte sie und musterte ihn streng. Dann stakste sie an ihm vorbei auf die Straße.

»Deutschland, bleiche Tochter«, schnappte er hinter ihr her. Er empfahl ihr noch, sich an ihre Gewerkschaft zu halten, aber wahrscheinlich hörte sie gar nicht mehr hin. Scheißstreß! Und der Laden war auch brechend leer. Wer geht schon abends um zehn auf die Piste! Er ließ sich in eins der rotbespannten Ikea-Sitzelemente sinken und starrte in die roten und weißen Glitzerlämpchen unter der Decke.

»Salut, Jalta. Früh dran heute, was?«

»Salü, Sissy. Du weißt schon.«

Doch, die *würde* anrufen. Er drückte die Kippe aus und leckte sich die Lippen. Er war nicht schlecht gewesen. Konnte man nicht sagen, was, Klaus? Eh, Alter!

»Blue Jalta, Baby. Der geht aufs Haus. Weil du heute den Eintrinker machst.«

Ah – Sissy! Sissy war auch nicht schlecht gewesen. Bißchen jung, aber sonst. Süß. Madame dagegen... Er nahm ihr das Glas ab und ging zur Music-Box. Er drückte sechsmal hintereinander *What a wonderful world this could be* und überließ sich dem müden Charme des ausrangierten Puffs und seinem neuen Projekt.

KRIMINALHAUPTKOMMISSAR DETLEV ROBOLDT dirigierte die Uniformierten, die ihrerseits versuchten, die Partygesellschaft aus dem Saal zu bugsieren. Er hatte kein Interesse mehr an den Blicken, die ihn trafen. Er hatte Wichtigeres zu tun.

Zwanzig Minuten später hatte ihm Kriminaloberkommissar Sonja Schade die Regie aus der Hand genommen. »Willy, wenn die Spurensicherung fertig ist und der Medizinmann seinen Koffer zuklappt, dann machst du Fotos. Aber paß auf, wo du hintrittst!«

Im Flur drängten sich gut hundert überwiegend düster uniformierte Leute und wurden von einigen grün uniformierten mühsam im Zaum gehalten.

Im Saal war die Beleuchtung inzwischen auf grellweiß geschaltet. Kriminalhauptkommissar Lothar Fritz packte persönlich Flaschen und Gläser in Plastiktüten. *Ohne* etwas fallenzulassen. Dank Beate, schoß ihm durch den Kopf. Sein Gesicht bekam einen sehnsüchtigen Zug. Heute abend wußte er sehr genau, wo er lieber Einsatz gehabt hätte... Gute Beate. Sieben Jahre lang hatte sie ihn madig gemacht – und *das* konnte sie *auch* phantastisch –, weil er sich beim Abwaschen so trottelig anstellte, daß sie lieber schnell alles selbst abtrocknete. Eines Abends jedoch hatte sie ihn in die Küche kommandiert. »Lothar, ich zeige dir jetzt zum letzten Mal, daß wir eine Spülmaschine brauchen. Oder glaubst du, ich räume weiter den ganzen Mist hinter euch her? Die ganzen Gläser, das waren *deine* Kumpel!«

Sie hatte sich ans Spülbecken gestellt, das erste von den guten Hochzeitsgläsern gegriffen und – fallengelassen! Er hatte sie entgeistert angesehen und war Handfeger und Kehrblech holen gegangen. Als er wieder in der Küche stand, hatte sie auch das zweite Glas dem Fußboden übergeben, ihm leicht erstaunt hinterhergesehen und das dritte in die Hand genommen. Auch das ging geräuschvoll den Weg alles Gläsernen. Als sie das vierte Glas griff, schnappte die Tür vom Kinderzimmer auf, und eine verknautschte kleine Nicole kam auf bloßen Füßen heraus. »Ich denk, wir sollen schlafen. Was iss'n hier für'n Krawall?«

Beate erwiderte sachlich: »Abendschule, Kleines. Papi lernt«, und damit klirrten auch Glas Nummer vier, fünf und sechs auf die Fliesen. Er schrie: »Nicole – deine Füße!« und hörte Handfeger und Kehrblech scheppern und Jennifer im Kinderzimmer wimmern.

An den weiteren Ablauf konnte er sich nicht mehr genau erinnern. Er wußte nur noch, daß er den Wert der Gläser erwähnt und Beate das mit einem merkwürdigen Lächeln und dem Wort »Lehrgeld« quittiert hatte. Dabei hatte sie einen winzigen Augenblick lang ausgesehen wie eine Ratte. Abgewaschen hatte sie seit jenem Abend nie wieder.

Gute Beate. Kluge Beate. Das Geld für eine Spülmaschine hatten sie jedenfalls gespart. Er schaukelte noch ein bißchen auf den Wogen seines Eheglücks. Dann schob er sich die Handschuhe wieder straff und packte weiter ein.

DER UNIFORMIERTE HINTER GLAS fuhr vom Kreuzworträtsel hoch und griff ans Funkgerät, als die schwere Tür des festungsartigen Gebäudes Keithstraße 30 aufging. Mit einem entschuldigenden Blick stürmte Karin Lietze am Glaskasten vorbei zum Fahrstuhl. Der kann nur in der Jackentasche sein. Mußtest du ausgerechnet heute den dicken Pullover anziehen und die Jacke hier lassen!

Im dritten Stock fegte sie den Flur entlang. Wer weiß, wozu's gut ist! Mimi hat bestimmt Eau de Cologne in der Schublade. Muß ja nicht jeder riechen. Reicht, wenn *du* weißt, wo du vor zwanzig Minuten noch gewesen bist.

Drei Minuten später schoß sie mit dem Dienstausweis in der Hand wieder aus ihrem Dienstzimmer und den Flur in entgegengesetzter Richtung entlang. Dann verschwand sie hinter einer Tür mit einem großen D. Noch zwei Minuten allein sein, stöhnte sie. Umschalten. Aufräumen.

DIE LEICHE LAG NOCH DA, als der Erste Kriminalhauptkommissar Karin Lietze im *Bellavista* ankam. Der Gerichtsmediziner packte gerade seine Sachen zusammen. »Ich nehme sie mit, wenn Sie fertig sind. Wer kommt von Ihnen mit?«

»Noch nicht raus, nicht?« Schade sah zu Lietze.

Die versuchte gerade, in den Anblick der Leiche zu versinken. Kein Motiv zu erkennen. Weder war diese Frau schön genug für ein Eifersuchtsdrama, noch kräuselte sich irgendein *Rosebud* um ihre vollen Lippen. »Kann weg.« Lietze zog eine Packung *Lucky Luciano* aus der Manteltasche und hielt sie in die Luft.

Schade nickte.

Auch der Staatsanwalt nahm ein Zigarillo aus Lietzes Schachtel und zündete es sich an.

»Béatrice Bitterlich«, referierte Schade, »29 Jahre, Redakteurin beim SWB, in diesem Jugendmagazin. Putz oder so. Keine äußeren Einwirkungen. Ist angeblich plötzlich tot umgefallen. Wenn es nicht Mutter Natur war, war's wohl Gift.«

Roboldt trat dazu. »Perfekter Tatort, was?«

»Könnte mir keinen besseren denken. Haben *Sie* Feuer für uns, Roboldt?«

Der Staatsanwalt wurde rot.

»Gut hundert Gäste«, fuhr Roboldt fort und zündete beiden die Zigarillos an. »Aber wahrscheinlich alle geladen. Hab die Gästeliste schon angefordert.«

Der Staatsanwalt entfernte sich, ohne seine Entschuldigung losgeworden zu sein.

»Was war denn hier los?«Lietze winkte ihm nach. »Sieht aus wie eine Verkaufsmesse der Beerdigungsindustrie. Vereinsabend der Gruftie-Bewegung?«

»Der was?«

Schade sah ihn fürsorglich an und hakte ihn unter. »Grufties, Detlev. Nie gehört? Die sind doch schon fast wieder ausgestorben. Leute, die aussehen, als ob sie ihren festen Wohnsitz im Sarg haben. Mensch, Detlev, du mußt wirklich mehr Zeitung lesen.«

Roboldt schluckte. Irgendwie schienen hier alle angesagter zu sein als er. Sogar seine Chefin. Äh – Chef. Vor allem konnte sie nicht ausstehen, von andern Leuten daran erinnert zu werden, daß sie eine *Frau* war. Detlev, du liest zu viele Bücher! Dabei sah sie gar nicht aus, als ob sie sich nicht ganz gern gelegentlich selbst daran erinnerte – heute abend, zum Beispiel –. »Heute abend war vorgesehen, eine neue Band vorzustellen, soweit ich weiß. Richard Röhm und die Kerle. Sie haben einen Videochip gezeigt –«.

»Clip, Detlev. Chips sind kleiner.«

»Ich hatte den Hinweis erhalten, daß die Leiche in Gefahr war.«

»Hatten Sie?« Lietze lächelte maliziös. »Seit wann sind *Sie* denn hier?«

»Seit neun. Ich wollte mal was unternehmen, und Larry hatte –«.

»Larry?«

»Alter Freund von mir. Arbeitet hier. Kümmert sich um die Geräte und so.«

»Ah, deswegen haben wir uns in *Jil Sander* gehüllt. Und was hat Ihr Larry gesagt?«

Und warum riechen *wir* so nach Mimis *Opium*, Chef? feixte er für sich. Andere Leute haben auch Nasen! Und Augen im Kopf. So spät erst kommen und so aussehen... Er reckte sich. »Daß ich sie im Auge behalten soll. Sie hatte Ärger zu erwarten.«

»Halten Sie Larry fest, Roboldt. Ich kucke mich hier noch kurz um.«

Schade erklärte, wo die Zeugen warteten. Dann blieb Lietze allein in dem leeren Saal. Auch die Leiche war weg. Sie sah um sich. Das Büfett und die technischen Anlagen waren das Einzige, was noch da stand. Sie ging durch die kleine Tür neben dem Büfett. Schaltraum und Garderobe. Männerkleider hingen über Stühlen und einer Schranktür. In den Ketchupresten auf einem Pappteller steckten die Reste von zwei Filterzigaretten. Einer hatte blaurote Lippenstiftspuren. Als sie ihre Kippe dazusteckte, bemerkte sie etwas Schimmerndes. Sie streifte die weißen Handschuhe über und zog vorsichtig den kleinen Stahlspiegel unter dem Pappteller hervor. Sie wollte den feinen weißen Nebel rechts und links der Linie nicht verwischen, die in Längsrichtung mitten über die Spiegelfläche lief. Dann zog sie eine Plastiktüte aus der Manteltasche und legte den Spiegel sachte hinein. Die beiden fremden Kippen ließ sie in die zweite Tür fallen.

Auf einem Pult mit Hebeln und Drehknöpfen fand sie die Schaltung für die Saalbeleuchtung. Als sie den Hebel umlegte, fiel ein Glas zu Boden, und Schade brüllte von irgendwo, sehr weit weg. »Eh – Licht an!«

Lietze schrak zusammen. Sie hatte nicht gehört, daß Schade bereits das Schloß in der Saaltür ausbaute. »Entschuldigung!« rief sie zurück und schaltete das Flutlicht wieder an. Dann sah sie hinter dem Glas her. Es mußte hinter der Plastikblende neben dem großen Drehschalter gestanden haben. Sie mußte es mit den Tüten, die sie immer noch in der Hand hielt, umgerissen haben. Sie holte noch eine Tüte aus der Manteltasche. Als sie die Scherben eingesammelt hatte, setzte sie sich auf einen der Stühle und wartete.

»In Ordnung!« rief Schade eine Weile später und knallte die

Tür zu. Lietze schaltete das Licht wieder aus und ging zurück in den Saal. Er war jetzt bleigrau und düster. Sie stellte sich mitten hinein und ließ die Umgebung in sich eindringen. Sie sog den Geruch ein. Sie nahm Fährte. Sie schloß die Augen. Die Leiche hatte direkt vor dem Büfett gelegen. Die Tür zur Garderobe war unmittelbar daneben. Und mit dem Büfett hatte irgend etwas nicht gestimmt. Von Anfang an nicht. Vielleicht paßt es einfach nur nicht zu diesem ganzen Krypta-Design, überlegte sie. Sie machte die Augen wieder auf und ging näher an das Büfett. Es war vollkommen intakt. Ein langer, weißgedeckter Tisch voller Schüsseln und Platten mit garnierten Häppchen, ein paar Tellerstapel, Besteckkästen, Flaschen, Serviettenberge, Brotkörbe, Obstschalen. Sie betrachtete die Platte, die – zu Lebzeiten – in Béatrice Bitterlichs unmittelbarer Reichweite gestanden hatte. Es fiel wirklich kaum auf in der Dunkelheit. Es sah nur ein ganz kleines bißchen schief aus. Asymmetrisch.

Jemand mußte ein paar der Lachscanapées herausgezogen und die übrigen wieder zurechtgerückt haben.

Lietze griff zur vierten Tüte.

ALS KLAUS GEGEN ELF UHR aus dem *Abkommen* trat, war die Potsdamer Straße grau-glänzend, und die vorbeirasenden Autos hinterließen das scharfe Geräusch von Nässe in den Ohren. Er beschloß trotzdem, einen Umweg zu nehmen. Er hatte Sissy noch zweimal kommen lassen, um ihr mitzuteilen, sie wüßte schon.

Er überquerte die Kanalbrücke und ging vor der Nationalgalerie nach links, das Reichpietschufer entlang. Als er am BEWAG-Palast vorbeischlenderte, fiel ihm sein Film wieder ein. Gott – Film! Bisher war's bloß ein möglicher Anfang für ein mögliches Treatment. Alles weitere scheiterte daran, daß es eben noch immer keine Zeitmaschinen gab, die einen einfach mal gut sechzig Jahre zurückversetzten. Oder so. An den Tag zum Beispiel, als dieses Hochhaus eröffnet worden war, das Shell-Haus. Sein Großvater war da hingepilgert. Von Wedding her. Mit Frau und neun Kindern. 1932. Er selbst war nur einmal hingefahren. Mit der gesamten WG. Sie hatten das Stromboykottschreiben persönlich übergeben. Vor zwei Jahren. Die Wiederaufnahme der Zahlungen hatten sie dann später doch lieber bargeldlos abgewickelt.

Hinter dem nächsten Block bog das Reichpietschufer nach rechts. Er ließ das Bauhaus-Museum links liegen. Es hatte aufgehört zu nieseln. Zwei Minuten später stand er vor dem *Auto-Imbiß* an der Klingelhöferstraße und wartete auf eine Currywurst. Es blieb nicht bei einer.

Als er nach einer weiteren Viertelstunde und einem halben Liter Coke in die Tiergartenstraße einbog, hatte sein Kopf nicht mehr ganz so scharfe viereckige Kanten. Wie *die* wohl vor sechzig Jahren ausgesehen hatte? Die italienische Botschaft war ja wieder in Betrieb. Aber die ganzen Villen? Freiflächen, Wildwuchs. Nichts übrig von der Nummer 4. Weiter hinten der Zirkus Karajani. Eine einzige Kulturwüste. Ein Werk der stadtplanenden Enkelgeneration. *Mein* Großvater hat andere Enkel, dachte er grimmig.

Nur der linke Rand der Tiergartenstraße war der alte. Eine dichte drohende Reihe Bäume. Tiergarten.

Er erkannte die alte Frau mit der komischen schwarzen Perücke schon von weitem. Sie stand da immer. Und jedesmal, wenn sich ein Auto näherte, trat sie einen Schritt vor und machte sich bemerkbar. Manchmal saß sie auch auf einem Rest Mauerwerk unter dem Gebüsch. Einmal abends hatte sie eng mit drei anderen Frauen zusammengestanden. Sie hatten gekichert und gestikuliert. Aber er hatte genau gemerkt, wie sie ihn schon auf zwanzig Meter

Abstand gemustert hatten. Eine nach der anderen. Genauso beiläufig hatten sie sich dann wieder ihrer Unterhaltung zugewandt und ihn keines Blickes gewürdigt, als er vorbeigegangen war.

Auch jetzt war sie nicht allein. Aber sie musterte ihn nicht. Sie schien ihn gar nicht zu bemerken. Sie redete aufgeregt mit einer sehr hageren Neonblondine. Die bleiche Tochter, dachte er. Doch noch im Dienst! Als er auf ihrer Höhe war, setzte er sein Komplizenlächeln wieder auf.

»...vastehste? Det janze Problem sind die Alliierten mit ihre scheiß Luftgesetze!« schnappte er auf.

»Na, was sagt die Gewerkschaft? Überstunden?« grinste er, als er vorbeiging.

Die Bleiche schickte ihm die bekannte Fingerhaltung hinterher. »Halt du deinen da raus, hörste!«

Wenn du wüßtest, dachte er. *Madame!* Am Türschild hatte Lietze gestanden. Oder so ähnlich. Sein Kopf war wieder fast normal. Er schaffte die Bellevuestraße und die graubraune Fläche vor der Mauer in fünf Minuten. Potsdamer Platz. Vor sechzig Jahren. Der Mordsrhythmus von Berlin. Ach, wer da mithämmern könnte –! Keine zehn Jahre später, und sie hatten einen Marschrhythmus daraus zurechtgehämmert. Und dann einen Mordrhythmus. Und jetzt lagen hier drei Straßen wie angefangene Enden, und keiner nahm sie auf. Weil die beiden anderen fehlten. Die Ebert war Mauer, und die Leipziger verendete im Niemandsland zwischen Flutlicht, uniformierten Voyeuren und Karnickeln. Und niemand nahm die Enden auf und montierte sie wieder zusammen.

Er würde es tun. Das war seine Idee. Sein Film. Er würde einen von diesen Wachturmspannern nehmen und ein schönes Mädchen auf einem Aussichtsgestell. Und der Typ würde den ganzen Tag durch sein Fernrohr glotzen, und sie würde ihn sehen und anstarren. Und das war der Beginn einer modernen Liebesgeschichte. Schuß/Gegenschuß. Die Ausschnitte immer kleiner, bis nur noch zwei Augenpaare im Bild waren. Sie würde Tag für Tag wiederkommen. Und er würde irgendwann das Fernrohr von den Augen nehmen. Und dazwischen die Karnickel, die einzigen, die in den Minenfeldern lebten und liebten. Die würden auch den Zeitfaktor rüberbringen. Erst zwei, dann acht, dann...

Liebe von Aussichtsplattform zu Aussichtsplattform. Eine deutsche Amour fou. Bloß das Ende war noch nicht klar. Desertiert er? Geht sie rüber? Man mußte abwarten, was Gorbatschow noch alles einfiel, und man mußte auch ein anderes Aussichtsgestell bauen. Es mußte so stehen, daß man bei den ersten Totalen das ganze Naziruinen-Panorama draufkriegte. Er sah sich um. Von weitem glitzerte der *Bellavista*-Turm. Er konnte ins Telefonbuch kucken! Er konnte *sie* anrufen. Oder? Er blieb stehen und schnappte nach Luft. Sein Blick fiel auf einen Spruch, den er noch nie da gesehen hatte. Er stach heraus aus dem bunten Mosaik aus lauter Brooklyner Runen. **Made in Germany**. In Sütterlinschrift! Nee-Fraktur! Auf der Mauer!

Er sprang in die Luft. »Das isses!« japste er. Das ist *der* Titel! Er war in Gedanken schon beim Abspann.

Er hätte die ganze Welt siezen können. Auf der Stelle.

Als er keuchend vor dem Eingang der Skala-Studios in der Köthener Straße stand, war es Punkt zwölf. »Keiner mehr unten«, brummte der Pförtner. »Sitzen alle nebenan. Vor zwei Stunden kamen die anjerannt, die Meechen, wie heißen se denn – die BMWs. Irgendwat mit Mord und dem Hotel da drüben. Ick weeß auch nicht.«

Klaus lief zum Nebeneingang. Das *Café Mutterband* war gerammelt voll. Über die Köpfe dröhnte *This is not a love-song* hinweg. Er entdeckte Betty, die grellblaue Chefin der BTMs.

»Eh, Jalta, haste jehört? Die ha'm die Bitterlich abjeräumt!«

»Is doch Zucker, Betty. Ein Verriß weniger.«

»Samma, du tickst wohl nich richtich! Die is *tot!* Wie der Rhein, Mann! Und gerade, als wir se jebraucht hätten. Wir wollten mit ihr reden, ich und Biggy und Regine. Damit dieser verdammte Drecksack wenigstens in Berlin keen Bein auf die Erde kriegt. Und sein Wessi-Verschnitt erst recht nich. Der soll bloß da hin, wo er herjekommen is!«

Sie wühlten sich durch zu einem Tisch, an dem der Rest der BTMs saß, Biggy, Tanja und Micky. Klaus hörte sich die Geschichte an.

»Ich kann mir bloß nicht vorstellen, daß die Bitterlich da mitgespielt hätte. Das wär das erste Mal, daß die wegen ein paar Frauen 'n Typen anbrennen läßt.«

»Den hätt' se sowieso nich jekriegt. Und denn wär' se vielleicht so sauer gewesen, det se mitjemacht hätte. Jedenfalls sagt das die Regine. Vom ›Wochenspiegel‹, vastehste? Die hat Wielack schon einjeheizt gehabt«, meldete sich Tanja.

Klaus sah die kleinste der vier Schwestern an. Micky mit dem grünen Hahnenkamm.

»Nee«, fing Biggy an. »Nicht wegen Micky. Obwohl – ick könnt ma heut noch schwarz ärgern, det wa da nich gleich 'n Aufstand jemacht ha'm! Dieset Dreckschwein!«

Béatrice Bitterlich hatte nur dafür sorgen sollen, daß Hans-Jürgen Wielack und Richard Röhm von PUZ fertiggemacht wurden. Weil man einfach nicht ungestraft eine heiße Mädchenband rausschmiß und statt dessen einen hergelaufenen Schwanz aufbaute, der nicht mal richtig eine Gitarre halten konnte!

»Regine hätte Béatrice schon dazu gekriegt. Die is nemmich Feministin. Aber vastehste, Jalta! Jetz is allet im Arsch! Die ha'm die umjebracht!«

Jalta brauchte ein paar Sekunden. Dann krabbelte ganz behäbig ein seliger Säugling über sein Gesicht. »Sag mal«, fing er an, »war da zufällig 'ne Ärztin bei?«

»Du kannst Fragen stellen! Echt. Haste wieder wat abjeschleppt? Die besseren Jahrgänge, wa?« fauchte Micky verächtlich. »Da is 'ne Frau ausjeknipst worden!«

»Und unser Deal is im Eimer!«

»Und der fragt nach 'ne Flamme!«

Béatrice Bitterlich hatte er *nicht* abgeschleppt. Und er hatte ihr nie verziehen, daß er sie nicht dran gehindert hatte, *ihn* abzuschleppen. Naja, B-Picture, eben. Doppel-B! Muß auch mal sein. Madame dagegen... Lietze! Er drückte den Namen mit der Zunge gegen den Gaumen. War gar nicht so leicht gewesen.

»So kurze blonde Haare, Mitte vierzig vielleicht, Regenmantel, Figur wie –«. Der Säugling schmatzte so satt, daß man Hunger bekommen konnte.

Betty sah ihn an, als ob sie ihn sofort auffressen wollte. »Regenmantel – jenau! Und een Zigarillo inne Fresse. Jalta, du Miststück, die hättste am Outfit riechen können! Schwarze Serie, sag ick dir. Janz schwarz. Vastehste – Direktion Zitti!«

Der Säugling verschluckte sich an seinem satten Grinsen. Det hält'ste im Kopp nich aus, Mann!

KURZ NACH ELF parkte EKHK Lietze, Leiter der Mordkommission MI/3, ihren Wagen vor einer täuschend unechten Hollywood-Burg in der Keithstraße 30. *Direktion Delikte am Menschen und organisierte Kriminalität.* Immer noch besser als jetzt nach Hause, Laken geradeziehen, dachte sie.

Du gönnst dir nichts mehr, Lietze, hatte sie sich vorgehalten. Vor drei Stunden etwa. Nimm ihn mit! Was der Mensch braucht, das muß er haben. Man fühlt sich einfach besser danach. Tu bloß nicht, als wärst du jenseits von Gut und Böse. Du brichst dir keinen Zacken aus der Krone, verdammt nochmal. Und wenn du zehnmal nächstes Jahr fünfzig wirst. Ist ja kindisch!

Diese Kombination – ein Kind! Nein, lüg nicht. Der ist alt genug. Wenn er nur nicht soviel geplappert hätte. Dann hätte ich nicht pausenlos weghören müssen. Und mir nicht pausenlos alberne kleine Indizien zusammenklauben müssen, die gegen ihn sprechen! Der war doch eigentlich gar nicht so verkehrt. Vielleicht erzählt er ja nicht immer von irgendwelchen Filmen, die er machen will.

Sie hatte ihn im Geiste ausgezogen und ihren eigenen Film gedreht. Ein bißchen sperrig war er. Und irgendwann hatte sie die Regie für ihn mitübernommen. Denn entweder sie ging jetzt nach Hause und hockte sich vor den Fernseher, oder –. Beim Gedanken an »Derrick« hatte sie zugegriffen. Und sich nicht mehr gefragt, ob sie ihn auch am nächsten Morgen am Frühstückstisch noch sehen wollte. Schluß. Keine Planwirtschaft. Wer weiß, wozu's –.

Sie legte den ersten Gang ein, schaltete Licht und Scheibenwischer aus und zog den Schlüssel ab. Ärztin! Nicht dumm kombiniert. Aber nicht genau hingekuckt. Sie drehte den Rückspiegel zu sich. Sie starrte ihre Nase an. Der kann höchstens zwei Stunden alt sein, dachte sie wütend und drückte auf einem kleinen Pickel am linken Nasenflügel herum.

»Sei gnädig!« sagte sie laut. Er ist eben noch jung. Sie stieg aus.

»JEDER, der daran auch nur den geringsten Zweifel hat, ist ein Chauvinist«, sirrte es etwa anderthalb Meter oberhalb von KHK Fritz und KOK Schade durch ein Treppenhaus. Regine Trübner-Zaecke setzte zum ersten rhetorischen Overkill an, noch bevor

Fritz oder Schade eine Chance gehabt hatten, eine Frage zu stellen.

»Ausrotten wollen die uns. Alle! Der Holocaust war ein Kinderspiel dagegen. Und ich weiß, wovon ich rede: Ich *habe* ein Kind!«

Herzlichen Glückwunsch, dachte Schade. Deswegen sind wir hier, Gnädigste. Damit Ihr armes Kind des Nachts nicht ohne seine Mami sein muß. Sonst säßen Sie nämlich jetzt bei uns wie alle andern auch und dürften Ihre Holocaust-Theorie an Mimi ausprobieren.

»Früher haben sie die geballte Macht der Kirche gebraucht, aber heute darf ja jeder hergelaufene Kanake –. Kucken Sie mal in die Frauenhäuser! Überfüllt sind die! Gar nicht zu reden von den Vergewaltigungen…« Sie schloß eine Tür im dritten Stock auf.

Nein, reden Sie lieber nicht davon, dachte Sonja Schade.

»Bilden Sie sich ja nicht ein, Sie kriegen auch nur die Hälfte von dem mit, was wirklich an Gewalt passiert. Alle fünf Minuten! Vor allem in der Ehe! Aber das hören Sie ja nicht so gern. Terror ist das! Krieg gegen Frauen! *Da*gegen sollten Sie was tun! Suchen Sie das Schwein. Was wollen Sie von *mir! Ich* war ihre beste Freundin, ich habe sie *geliebt* –«, das Sirren erstarb für einen Augenblick.

»Soweit *ich* weiß«, hakte Schade ein, während sie die letzte halbe Treppe hinaufstiegen, »sind die Frauenhäuser überfüllt von Frauen, die *geliebt* wurden.« Daß sie sich zum Ausgleich erlaubte, ein paar von Herzen zu hassen, behielt sie für sich. Solche mit Doppelnamen gehörten dazu, und wenn sie noch so bekannt waren.

»Tja, ha-ha! Von Männern«, kam es höhnisch zurück. »Was die so Liebe nennen!«

Schade biß mürrisch die Zähne zusammen und versuchte die

Frauen aus dem Kopf zu scheuchen, deren Schlagfertigkeiten auch nicht von Liebe gebremst wurden. Sie kannte einige. Aber wenn diese sirrende Hl. Johanna der Ehebetten sich jetzt auch noch auf »Pornographie als Kriegspropaganda« zu werfen gedenkt –!

Eine Tür hinten im Flur ging auf, und ein bildhübscher Jüngling mit einem sanften Gesicht und weichen hellbraunen Locken sah heraus. »Mein Sohn Daniel«, kommentierte Regine Trübner-Zaecke knapp

Fritz und Schade sahen sich erstaunt an. Der Bengel war mindestens im Konfirmationsalter! »Sie können da rein gehen«, sirrte es. »Ich habe noch etwas zu besprechen.«

Wie diese modischen Salzmühlen, dachte Schade, während sie sich einen Platz am Küchentisch suchte und Fritz damit beschäftigt war, das Diktiergerät vorzubereiten. Oder irgendein Insekt, das sich unter die Haut schlängelte. Sich durchbiß, bis tief hinter das Trommelfell. Und da Eier legte.

»Wissen Sie«, die Stimme des Feminismus hatte die Konferenz mit dem Sohn offenbar beendet, »ich bin ja froh, daß *Sie* dabei sind. Wir müssen sehen, daß wir immer mehr Frauen in Männerberufe kriegen, und dazu müssen wir zusammenhalten.«

Und irgendwann explodierten die Eier, irgendwo im Kopf, fürchtete Schade und unterdrückte ein Gähnen. »Wir sind drei, Frau Trübner-Zaecke. Und zwei Männer. Aber vielleicht könnten wir uns jetzt wieder der Aufklärung zuwenden. Wieso sind Sie eigentlich so sicher, daß Frau Bitterlich ermordet worden ist?«

Regine Trübner-Zaecke lief fast blaurot an, was die ebenso geschminkten dünnen Lippen fast vollständig zum Verschwinden brachte und einen aufreizenden Kontrast zu den graublonden Haaren bildete. Sie ging zum Kühlschrank.

»Ich dachte, ich hätte es mit der Mordkommission zu tun. Wenn Sie etwas trinken möchten – ich kann Ihnen ein Glas

Milch anbieten. Alkohol lehne ich ab. Ich hoffe, von Ihnen raucht niemand.«

»Ich nehme gern ein Glas Milch«, antwortete Fritz und sah Schade belustigt an. Regine Trübner-Zaecke goß ein Glas halbvoll mit Milch.

»Ich wußte gar nicht, daß die Zigarette als Emanzipationssymbol schon wieder ausgedient hat«, bemerkte Schade kampflustig und zog eine Schachtel filterlose Schwarze aus der Tasche. »Darf ich trotzdem?«

Regine Trübner-Zaecke warf ihr einen mitleidigen Blick zu und stellte ihr eine Untertasse vor die Nase.

»Ich fang dann mal an, nicht?« schlug Fritz vor und drückte das Diktaphon an. »Sagen Sie, nahm Frau Bitterlich Drogen?«

»Also, das ist doch wieder typisch!« kam es augenblicklich zurück. »Immer erstmal die Schuld beim Opfer suchen. Vor allem, wenn es eine Frau ist! Und wenn sie nicht so kuschelweich ist, wie Sie sie gern hätten!« Sie warf Fritz einen verächtlichen Blick zu.

Schade grinste, weil sie versuchen mußte, sich vorzustellen, wie Beate Fritz und das Wort »kuschelweich« zusammenpaßten. Dann wiederholte sie die Frage ihres Kollegen. Regine Trübner-Zaecke bestritt ganz energisch, daß ihre beste Freundin rauschgiftsüchtig gewesen sein könnte. Allein das Wort »abhängig« war vermutlich schon unerträglich. Von einem natürlichen Tod wollte sie erst recht nichts wissen.

»Verstehen Sie uns nicht falsch, aber es gibt Krankheiten –«.

»Männermedizin«, rieselte es scharf aus den blauroten Lippen. »Für die *sind* wir eine Krankheit. Aber wer weiß, was sie ihr zu trinken gegeben haben. Die wollen uns doch alle vergiften!«

»Wann denn?« Fritz wurde wieder aufmerksam.

»Na, kurz bevor es passiert ist. Da hat sie doch von diesem kleinen Macker ein Glas gekriegt und runtergestürzt.«

»Meinen Sie Richard Röhm?« fragte Sonja.

»Halt. Augenblick. Das Band bockt«, schrie Fritz erregt. »So. Jetzt. Bitte.«

»Na klar, dieser Sascha. Sascha Pietz heißt der in Wirklichkeit. Früher war der ganz anders. Lieb und sanft und schüchtern. Wie mein Sohn Daniel. Wissen Sie, ich kenne seine Mutter. Ich habe mal eine Story über Arbeiterinnen im Ruhrgebiet gemacht.«

Schade spürte wieder ein eindeutiges Zucken in den Kiefermuskeln.

»Und dann hat dieser Wielack ihn in die Finger gekriegt. Der hat ihm doch den Floh ins Ohr gesetzt, diesen ganzen Macho-Mist! Dieser Kinderschänder, der gehört in den Knast!«

»Was für ein Glas war das denn?« fragte Fritz.

»Mein Gott, ein stinknormales Glas. Ungefähr so hoch wie die Tasse hier, geriffelt.«

Schade wurde wieder wach und sah Fritz an. Fritz schüttelte den Kopf. »Haben Sie gesehen, wo es geblieben ist, Frau –?«

»Was? Wieso! Ich nehme an, es stand auf dem Tisch. Oder sie hat es mit runtergerissen.«

»Neben der Leiche lag nichts. Die Gläser, die ich eingepackt habe, sahen anders aus.«

»Mein Gott, wie Sie darüber reden!« rieselte es wieder schärfer.

»Leichen pflastern unsern Weg«, erwiderte Schade gereizt. »Warum sind *Sie* eigentlich so – naja, gefaßt ist das falsche Wort. Sie haben nicht *ein*mal geweint.«

»Das müßte ich als Frau wohl, wie?«

»Nein. Meistens weinen die Männer, wenn ihnen gerade eine Freundin weggestorben ist. Sie haben Frau Bitterlich als Ihre beste Freundin bezeichnet.«

»Das *war* sie auch.

Schade notierte die mindestens fünfte Vergangenheitsform.

Normalerweise rüsteten Leute, die plötzlich mit dem Tod konfrontiert werden, sprachlich nicht so rasch um.

»Ich habe sie entdeckt!« Das sei ihre Pflicht gewesen, als gestandene feministische Journalistin der ersten Stunde. Sie sage nur Zweihundertachtzehn, sagte sie. Ohne sie wären die Mädchen noch immer fest in Männerhand.

Fritz sah irritiert vom Diktaphon hoch.

»Medien, Fritz«, erklärte Schade. »Presse, Fernsehen...«

»Männerdomänen«, ergänzte die leibhaftige Abtreibungskampagne triumphierend. »Es wurde mal Zeit, daß die Augsteins und Nannens gezeigt bekommen, daß *wir* viel besser sind. Denn deswegen lassen sie uns nicht. Weil sie *davor* Schiß haben! Einfach Schiß«, schloß sie selbstgefällig in einer Art Scheibenbremsencrescendo.

Zu diesem Zwecke bewirtschaftete sie mittlerweile die Frauendomäne des »Wochenspiegel«. Sie hatte die junge Kollegin Bitterlich – »Ich habe sie *gemacht!*« – unter ihre Betonfittiche genommen und zwar nicht bei ihrer Zeitung, aber immerhin beim SWB untergebracht. Sie kannte Günter Messing von früher, also sie hatte mal – äh, naja, das war ja wohl für diese Ermittlung hier nicht von Bedeutung. Jedenfalls hatte Herr Messing offenbar Gnade vor ihren Augen gefunden. Allerdings hatte ihr Béatrice heute abend, als sie sie im Auto mitgenommen hatte, etwas von Konflikten angedeutet.

Schade, die einen Krampf im Kiefergelenk nahen fühlte, horchte auf. »Was meinen Sie?«

»Gott, ich weiß nicht. Sie hatte so ein Gefühl, als ob er sie loswerden wollte. Er wollte wohl, daß sie ab sofort unter Pseudonym arbeitet. Das ist natürlich eine Vernichtung. Naja, das verstehen Sie nicht. In unserem Beruf ist der Name das Allerwichtigste.«

Deswegen haben Sie sich gleich zwei davon gesichert, dachte Schade.

»Und wie erklären Sie sich das?« fragte Fritz hoffnungsvoll.

»Wieso ich? Ich habe hier doch wohl nichts zu erklären!« schnarrte die Zaecke zurück.

»Herr Fritz möchte nur wissen, ob Sie glauben, daß Frau Bitterlich Feinde gehabt hat.«

»Feinde! Feinde! Eine Frau hat Millionen natürliche –.«

»– Feinde. Ja, ich weiß, Frau – äh. Alle Männer. Simone de Beauvoir.« KHK Fritz war sehr dankbar für diese Vorlage. Abendschulen bei Beate trugen eben Früchte. Er war sicher, das müßte sie gnädiger stimmen.

Aber die Zaecke starrte ihn nur an und rang nach einem passenden Konter. Wahlweise auch etwas Luft.

Schade seufzte. »Ebner-Eschenbach, Lothar. Nicht alle guten Sprüche kommen aus dem Turban von Paris!« Sie ließ der Zaecke noch eine Schrecksekunde und beobachtete, wie sich die beiden dunkelvioletten Flecken unter den Achseln allmählich verbreiterten. Sicher heiß, so ein Fallschirmspringer-Anzug, dachte sie. Dann lächelte sie sie äußerst liebenswürdig an. »Was war denn nun mit Feinden?«

Frau Bitterlich, so stellte sich heraus, mußte zu den zehn bestgehaßten Figuren der Stadt gehört haben. Angeblich, weil sie so »an*ar*chisch« war, so »res*pekt*los!«, und »die Männer das *gar* nicht gern« haben. Zahlreiche Feinde waren am früheren Abend auf der Party gewesen. Aber die von Frau Trübner-Zaecke aufgelisteten Motive reizten so die Lachmuskeln, daß KOK Schade den nächsten Gähnanfall nicht mehr unter Kontrolle zu halten vermochte.

Fritz rutschte nervös auf seinem Stuhl hin und her. »Äh«, räusperte er sich schließlich, »ich will Ihnen ja nicht zu nahetreten, aber was ist mit Feind*innen*?«

Regine Trübner-Zaecke schoß hoch, riß ihm das leere Milchglas weg und brachte es demonstrativ zum Spülbecken. »Null«, verfügte sie. »Im übrigen finde ich es unverschämt. Sie können Ihr Spielzeug da ausstellen, falls Sie den richtigen Knopf finden.«

»Wirklich gar keine?« fragte Schade mit einem wieder äußerst freundlichen Lächeln. Und zu ihrem Kollegen gewandt: »Stell ruhig aus, Lothar. Ich glaube, das brauchen wir nicht für die Ermittlungen.«

Fritz drückte auf irgendwelche Knöpfe und stand auf. Er sah sich in der Küche um und nahm dann die Untertasse mit fünf Zigarettenkippen, die vor Schade stand.

Naja, räumte Regine Trübner-Zaecke widerwillig ein, es gab immer noch Frauen, die keine Feministinnen waren. Im Grunde eine Schande für das ganze Geschlecht. Denen hatte man eben ins Gehirn geschissen. Mit zwei N. »Verstehen Sie?«

Aber sicher, Frau Riesel-Sirr, kicherte Schade in sich hinein. »Gut«, sagte sie. »Ich denke, das wär's für heute. Oder hast du noch Fragen, Lothar?«

Fritz hatte keine Fragen mehr. Er trug gerade die Untertasse zum Spülbecken, als das Diktaphon völlig unerwartet »Klock!« sagte.

»Kloing«, erwiderte die Untertasse, als sie auf dem Küchenboden auftraf und bevor sie zerbrach.

»HERZLICH WILLKOMMEN ZUR NACHTSCHICHT, Karin. Der Kaffee ist gerade fertig.« Mimi Jacob. Unverkennbar. Diese Stimme! Wohltuend wie ein kostbares Körperöl nach einem Bad am Feierabend. Sie war tatsächlich gekommen!

»Ach, Mimi«, sagte Lietze weich. »Ich kann nichts dafür, daß hier keiner den Sabbat heiligt.«

Mimi zwinkerte. »Danken Sie Gott, daß ich nicht religiös bin. Wollen Sie eine?«

»Am liebsten die ganze Kanne voll. Und dann stellen Sie die Maschine wieder aus, nicht?«

Mimis Stimme wurde noch cremiger. »Aber sicher, Karin. Soll ich auch noch versuchen, Schlagsahne und Vanille-Eis zu besorgen, damit wir in ein paar Stunden Eiskaffee haben?« Sie servierte sogar Spott wie warme Milch mit Honig. »Sie wissen doch, eine Kaffeemaschine ist kein Fernseher.«

Lietze wußte es, aber glauben konnte sie es nicht. Sie rechnete fest damit, daß dieses gurgelnde braune Plastikding, wenn man es nur eine Sekunde aus den Augen ließ, implodierte. Obwohl sie an sich nicht ängstlich war. »Ist Dettmann schon da?«

»Nein, der ist noch draußen bei dem Brand in Frohnau. Roboldt hat einen kleinen Ledermann im Schlepptau und sucht Baldrian.« Mimi funkelte wieder mit den Augen.

Lietze zog die Brauen hoch und betastete grinsend ihren linken Nasenflügel. Er tuckerte. Diese Männer, dachte sie. Keine Probleme mit ihren Jagdgelüsten. »Sonst keiner? Ein Hans-Jürgen Wielack wartet nicht zufällig schon hier?«

Mimi schüttelte den Kopf.

»Schade«, seufzte Lietze.

»Die ist mit Fritz bei –«.

»Nein, Mimi«, lachte Lietze. »Die meinte ich nicht. Ich hatte nur gehofft, daß wir diesen Herrn nicht noch lange suchen müssen.«

Die Tür ging auf, und Roboldt schob einen sehr zierlichen jungen Mann vor sich her. Der trug eine brettharte schwarze Hose und eine entsprechende Motorradjacke. Offen. Darunter ein schreiend lachsrotes Unterhemd aus Netzwerk. Ein schmächtiger Konfirmand, der in den falschen Film geraten war. An den Füßen trug er schwarze Armeestiefel, die ihren Inhalt etwa doppelt so breit wie die Waden wirken ließen. Die gelbroten Haare standen tapfer in alle Richtungen von seinem Köpfchen weg und glänzten feucht. Das Gesicht war fahl mit einem Stich ins Grünliche. Etwas schien ihm im Nacken zu sitzen. Er hielt sich geduckt und ließ die Schultern hängen, soweit die Brettjacke das erlaubte. »Gehen Sie durch, Sascha. Meinen Chef haben Sie ja schon kennengelernt.«

Roboldt. Schreckt auch vor Mütterlichkeit nicht zurück. Beneidenswert. Obwohl –. »Sascha?« fragte Lietze. Er roch bestimmt wie ein Baby vor dem Baden.

»Das ist Sascha Pietz alias Richard Röhm. Wir Showleute arbeiten bekanntlich mit Künstlernamen.«

»Aha«, grinste Lietze. »Schön, daß wir jemanden haben, der in der Szene so richtig zu Hause ist. Kann's losgehen, Mimi?«

Mimi legte Block und Bleistift auf das Tablett mit den vier Tassen und folgte in Lietzes Dienstzimmer.

Sascha Pietz hatte keine Ahnung, wer die Tote war. Er hatte rein zufällig neben ihr gestanden, bevor sie »abgetaucht« war. Naja, nicht ganz zufällig. Sie hatte ihn angequatscht. Wegen Fernsehen. Sie mache bei Puz mit.

»Ach so, ja, ich weiß, dieses Jugendmagazin«, versuchte Lietze zu folgen.

Und PUZ haben, hieß Berlin haben. »Dat hat HaJott, äh – ich mein' Willy mich eingetrichtat.«

Hans-Jürgen Wielack, sein Entdecker und Manager – Willy für Freunde und solche, die dafür gehalten werden wollten. HaJott hörte er offiziell nicht gern.

»Wehrsportgruppen managt er hoffentlich nicht auch noch«, knurrte Lietze. »Hängt der Name Röhm damit zusammen?«

»Hat Willy sich ausgedacht. Wierkt ebent wierieler, sagt er.«

Wielack hatte das Projekt Röhm lanciert, nachdem er den dritten Totalflop in zwei Jahren mit einer Mädchenband gelandet hatte. Folgerichtig hatte er inzwischen »die Faxen dicke vonne Weiber, nä?« und beschlossen, sein Glück mit »Kääle« zu versuchen.

Kerle, übersetzte Lietze für sich. »Woher kannte er Sie denn?« fragte sie etwas spitz.

Roboldt warf ihr einen tadelnden Blick zu.

»Einfach so, nä? Aussen Club. Ich meine, dä hat mich ma gehört. Un gezz bin ich seine lezze Hoffnung, nä?«

»Was wollte Frau Bitterlich sonst von Ihnen?«

»Dat weiß ich auch nich. Vollgesülzt hat se mich. Ob ich den und den kenn und so. Ich glaub, die wollte mich bloß anbaggern, nä? Von wegen, sie steht auf Maatscho, war se immer am Sülzen. Mann, wat war die schlecht drauf! Die war total –«.

»Ja?« bohrte Roboldt sanft.

»Naja nää, dat sacht man nich. Fickerich, mein ich. Gezappelt hat se. Und Kohldampf geschoben. Dauernd hat se die Pfoten am Teller gehabt. Wenn se sich nich grade die Nase geputzt hat, nä?«

Lietze lief zum Telefon und wählte vier Nummern. »Können Sie etwas abholen kommen?« Dann setzte sie sich wieder an den großen Tisch. »Entschuldigen Sie, Herr Pietz. Sie meinen, sie hat diese Lachsbrötchen gegessen?«

Roboldt sah sie fragend an.

»Wat dat war, weiß ich nich. Ich weiß bloß, wie se ebent ewig dran rumgezuppelt hat. Mit dat keina sieht, nä?«

Die Tür ging auf, und ein Unformierter kam herein. Sascha zuckte wieder zusammen. Lietze ging zu ihrem Mantel und gab dem Beamten vier Plastiktüten. »Die müssen sofort noch in die PTU. Danke.«

Sascha-Richard atmete auf, als sich die Tür wieder schloß. Allmählich kehrten ein paar schüchterne Rottöne in sein Gesicht ein. Er zitterte auch nicht mehr so.

»Was hat sie denn getrunken?« fragte Roboldt.

»Getrunken – äh. Wie? Nää! Gaa nix. Ich weiß ja nich, wat se vorher schonn getankt hatte –«. Sascha vermied, Roboldt anzusehen. Er widmete sich dem Anblick seiner Fingernagelrelikte.

»Sie meinen, während sie sich mit Ihnen unterhielt, hat sie nur Lachsbrötchen gegessen und gar nichts getrunken?«

Sascha hob den Blick und sah Lietze an. Dann Roboldt. Dann Mimi Jacob. »Nää. Ich glaub nich. Bestimmt nich. Dat hätt' ich doch sehn müssen.«

Mimi fand seinen Blick flehentlich.

»Nehmen Sie Drogen, Herr Pietz?« Lietze registrierte, daß Sascha fast erleichtert auf ihre Frage reagierte.

»Nää!« krähte er dankbar. »Ich darf doch nich mal trinken. Ich hab doch –«.

»Und wer von Ihnen kokst?« setzte Lietze nach. Roboldt warf wieder einen fragenden Blick zu ihr. Sie zwinkerte ihm zu.

»Koks – äh? Ja, äh –«.

»Nun bohren Sie Ihren Kopf nicht gleich ins Linoleum, wir ermitteln nicht wegen Drogenmißbrauch. Wir sind hier für Mord zuständig, Herr Pietz. Es könnte allerdings sein, daß dieser Tod etwas damit zu tun hat.«

»Na, die ganze Brangsche is woll auf iernkwat drauf, nä? Dat hab ich ma gehört. Aber ich nich. Und Willy auch nicht. Dat weiß ich. Dä is klien. Dä muß bloß immer iernkwelche Tabletten einwärfen, wegen seinem Kreislauf oder wat. Iernkwat mit Blokker. Mettablocker oder wie se heißen.«

»Tja, a propos«, versucht Roboldt noch einen Anlauf. »Haben Sie eine Ahnung, wo Ihr Geppetto abgeblieben sein könnte?«

»Wää?«

Lietze und Mimi Jacob grinsten Roboldt an.

»Mein Kollege möchte gern wissen, ob Sie wissen, wieso wir Ihren Herrn und Meister nicht mehr zu sehen bekommen haben. Hatte er etwas Dringendes zu erledigen, jetzt, wo Ihre Party geplatzt ist? Oder fällt Ihnen ein Grund ein, warum er unseren Fragen lieber aus dem Weg gehen möchte?«

Saschas Gesicht wurde wieder graugrün. »Glauben Sie, dä is wäch?« fragte er ängstlich und suchte alle Gesichter ab. »Nää. Dä hat bestimmt zu tun. Mit die andern Kääle und wat weiß ich. Oder dä hat sich wieder zu seine Nutten geflüchtet.«

Es klang ein bißchen zu überzeugt, fand Lietze. »Gut, Herr Pietz«, sagte sie nach einer Kunstpause, in der sie beobachtete, wie er wieder an seinen Nagelbetten arbeitete, »für heute reicht uns das. Vielen Dank für Ihre Hilfe. Bleiben Sie ruhig noch ein bißchen in Berlin. Vielleicht können wir Sie bald noch einmal gebrauchen.«

»UND WIE WAR ES bei dieser Frau – Gott, wie heißt sie denn wieder?« fragte Lietze und bot die offene Schachtel Zigarillos an.

Schade grinste, Fritz seufzte einmal tief auf.

»Regine Trübner-Zaecke«, sagte Schade, »ich sage nur: R.T.Z. Recycling Total Zwecklos.« Mehr hätte auch niemand durch das schallende Gelächter hindurch verstehen können.

Die Tür ging auf, und Mimi Jacob steckte ihren Kopf in Lietzes Dienstzimmer. »Braucht ihr noch Kaffee oder darf's etwas Gehaltvolleres sein?« fragte sie amüsiert.

Niemand wollte etwas.

»Ich dachte«, fuhr sie fort, »ihr könntet es gebrauchen. Auf euern Bändern ist nämlich fast nichts drauf. Und diesen Quatsch mit den Frauen, denen man mit zwei N, also, die immer noch keine Feministinnen... Das soll ich doch wohl nicht abtippen, oder?«

Fritz wurde bleich.

»Reg dich ab, Lothar«, beruhigte Schade, »ich diktiere ein paar Sachen aus dem Gedächtnis. Sonst sind wir fertig? Mimi, geht schnell.«

Es war halb drei, als Karin Lietze und Detlev Roboldt auf den Parkplatz gingen.

»Ich finde das eine gute Idee. Kobold – übernehmen Sie! Vielleicht fällt dem kleinen Künstler ja morgen ein, wo sein Impresario steckt.«

»In Ordnung, Chef«, sagte er scharf.

»Hören Sie mit Ihrem albernen Chef auf!«

»Wenn *Sie* mit Ihrem Kobold aufhören!«

Lietze mußte lachen. »Genehmigt«, sagte sie. »Was glauben Sie, wovor der Bengel Schiß hat? Vor diesem Wielack?«

»Lietze! Sie wollen mir aber nicht erzählen, daß Sie nicht mitgekriegt haben, daß er schwul ist!« Roboldt sah sie an. Sie hatte wirklich etwas an sich heute abend. Sie sah – schön aus. Was sie ausstrahlte, spannte sich wie knisternde Elektrofäden durch die Umgebung.

»Na und?« Sie erwiderte seinen Blick – kampflustig? »Seit wann muß man deshalb Schiß haben? Das erklären Sie mir mal genauer!«

»*Ich* doch nicht – gute Nacht.«

Lietze starrte hinter Roboldt her, bis sich das Spöttische in ihrem Blick mit etwas Jämmerlichem mischte. Alle hatten ein Nest. Jemanden, der auf sie wartete. Oder *die* – jawohl, Frau – wie war doch der Name? Zecke-Trübsal? Mimi hatte einen Mann, und Fritz und Schade hatten eine Frau. *Je* eine. Nur Roboldt war allein wie –.

Sie schloß das Auto auf und suchte nach einem Lappen, um die Heckscheibe trockenzuwischen. Es war kalt und ungemütlich. Geh ins Bett, Lietze! Auch andere Leute müssen sich am Riemen reißen! Sie ging ums Auto herum, aber was immer sie zu denken versuchte, er schob sich dazwischen. Jetzt fiel ihr auch der nasse Fleck auf dem Teppich wieder ein. Im Geist stand sie schon mitten drin, mit dem rechten Fuß. Bloß weil sie schnell zum Bett laufen und die Spuren des frühen Abends verwischen wollte. Widerlich. Kalt und naß und unbehaust.

Sie griff in die Manteltasche und zündete sich noch eine *Lucky Luciano* an. Das linke Auge brannte und fing an zu tränen. »Scheiß-Gequalme!« fauchte sie, riß sich das Zigarillo wieder aus dem Mund und warf es fort.

Dann stieg sie ein.

Richard Röhm steigt um

ES WAR ZIEMLICH SCHEUSSLICH morgens um neun, als ein Paar lange schwarze Lackstiefel und etwa vierzig Zentimeter schwarz benetzte Schenkel auf einer Enduro aus der Stauffenberg- in die Tiergartenstraße einbogen. Berliner Grau. Die ewigen Beine endeten erst sehr viel weiter oben in einem grellblauen Helm. Dazwischen befanden sich nur ein paar Quadratzentimeter schwarzes Leder und diverse glitzernde Reißverschlüsse.

Die Erscheinung fuhr ein Stück am Waldrand entlang und hielt schließlich gegenüber einem admiralblauen Mercedes, der allein auf der anderen Straßenseite parkte. Sie stieg ab, bockte die Maschine auf, zog den entscheidenden Reißverschluß der Lederjacke herunter und den Helm vom Kopf. Dann bückte sie sich zum Rückspiegel hinunter und schüttelte die neonweiße Mähne ein paarmal heftig hin und her, hängte den Helm an den Lenker und stakste über die Straße. Sie sah in den Wagen. Plattgesessene Polster aus Teddyfutter in dem Mischmasch aus Schweinchenrosa und Puderbeige, das Leute in gewissen Breitengraden für die einzig erlaubte Hautfarbe hielten. Am Rückspiegel ein Paar Riemchenschuhe aus Lackleder in Babygröße. Auf der Ablage zwischen den Vordersitzen eine Familienpackung Papiertaschentücher, eine offene Dose Limonade und eine Flasche *Septième Sense*. Auf dem Rücksitz eine weich geblähte Plastiktüte und ein Kasten mit Musikkassetten.

Sie ging auf den Bürgersteig und sah durch die Büsche hinter einem Mäuerchen. Kurz danach raschelte es, und eine etwa sechzigjährige Frau in einer beigen Wollhose und einer offenen hellbraunen Strickjacke, aus der beim Bücken ein großzügig bemessenes Décolleté blitzte, kam zum Vorschein. Sie hatte am linken Handgelenk eine Tasche hängen und hielt in der linken Hand eine große Dose Katzenfutter, in der ein Löffel steckte. Es klapperte bei jedem der etwas unsicheren Schritte zwischen Unterholz und überhängenden Zweigen.

»Mach die Jacke zu, Helga, du kriegst Rheuma anne Knie!« kicherte die Junge.

»Mensch – Kim! Äh, Scheiße!« Helgas Perücke hatte sich in einem Ast verfangen. »Wat willst 'n *du* hier heute?«

Die Perücke saß fast über der rechten Augenbraue und gab das linke Ohr frei. Kim kicherte und nahm ihr die leere Dose ab. »Haste die Familie wieder satt gekriegt?«

»Du, ick hab det Jefühl, meine viere ha'm det jesamte Revier informiert, det hier Quäkerspeisung ist! Und die kleene Jetigerte sieht schon wieder aus, als ob se 'n Braten inne Röhre hätte.«

»Die fressen dir noch die Haare vom Kopp, Helga.«

Helga griff nach der Perücke und zerrte daran herum. »Keene Schangse«, grinste sie, »det ha'm schon andere erledigt.«

Au Scheiße, Fettnäpfchen. Kim biß sich auf die Lippen. Schnell das Thema wechseln! »Du mußt die sterilisieren lassen –«.

»Nee, Mensch, det kann ick nich. Weeßte doch, Kim.«

Verdammt, das nächste, und wieder stand Kim mittendrin. »Entschuldige, Helga-Maus!« Sie drückte Helga zerknirscht den Arm. »Hab nich dran gedacht – 'tschuldige.«

Aber Helga wischte nur schweigend den Löffel sauber und brachte die Dose zum Abfallkorb.

»Wo is 'n Kitty?« rief Kim ihr nach.

Helga kam wieder zurück. »Nebenan.« Sie knipste die Handtasche auf und fischte ein kleines schwarzes Heft mit roten Ecken heraus. »Acht Uhr fuffzig. Ami. Türkis. Die Nummer ooch?«

»Nee nee, so genau wollt ich's gar nich wissen. Mensch, Helga, *die* kann leben! Wahrscheinlich hat der schon Schlange gestanden, als die ihren Arsch noch nich aus de Kiste hatte, was?«

»So unjefähr«, gab Helga etwas mürrisch zurück. »Kennst doch Kitty. Hier, halt mal meine Tasche.«

Kim starrte auf den Verkehr. Totentanz. Ein paar LKWs und jede Menge Familienkutschen aus Wedding in Richtung Innenstadt. Einkaufen. Kim arbeitete sonnabends nie.

»Aber du kannst ja ooch nich meckern«, krähte Helga.

Kim drehte sich zu ihr um. Helga hatte sich auf das Mäuerchen gesetzt und zerrte und zupfte. »Du, Helga, ich wollte euch zum Frühstück einladen, wie findst 'n dette?«

»Und wer bezahlt mir meinen Verdienstausfall?« fragte Helga leicht maulig. Aber ihre Augen strahlten geschmeichelt.

»Nu übertreib aber nich, soviel hat der ooch nich abjedrückt!« Kim rechnete nach. Gestern nachmittag kurz vor Feierabend war einer ihrer drei Big Spender dagewesen, und sie hatte die Mark des Monats gemacht. Sowas gehörte natürlich gefeiert, und so war sie zu einem Zug durch die Gemeinde aufgebrochen und hatte nebenbei noch ein paar Kolleginnen besucht, die in festen Häusern arbeiteten, und an den Termin heute abend erinnert. Sie hatte dabei ein paar phantastische Neuigkeiten zur Aktion Zeppelin erfahren und spätabends brühwarm Helga weitererzählt, damit die auch was zum Freuen hatte. Danach war sie noch einmal ins *Potsdamer Ableben* gefahren. Das heißt, zwischendrin hatte sich noch ein schnelles Pfund ergeben. Das hatte sie dann sofort in zwei weitere *Bloody Molotows* investiert. Und damit hätte der Abend enden sollen, denn das *Abkommen* war unangenehm leer gewesen für einen Freitagabend. Für den Nachhauseweg hatte sie lieber ein

Taxi genommen, aber als es am *Hotel Bellavista* vorbeigefahren war, hatte sie dem Fahrer ein Trinkgeld gegeben, »was dazwischengekommen« gemurmelt und sich unter die Menschenmenge gemischt. Im Grunde, hatte sie ausgerechnet, war die Mark des Monats längst liquidiert, aber was soll's.

»Jib mir mal meine Tasche wieder. Wenn wir ausjehen, brauch ick den Spiegel!«

Kim gab Helga die Tasche zurück. Etwa zweihundert Meter die Straße hoch schob sich ein türkisfarbener Straßenkreuzer aus einem Stichweg, der zu einem Parkplatz führte. An der Einfahrt zur Straße blieb er stehen. Die Tür sprang auf, eine stattliche Rothaarige glitt heraus und klappte sofort hinter sich die Tür zu. Dann machte sie auf einem der halsbrecherischen goldenen Absätze ihrer schwarzen Pumps kehrt, schob den engen schwarzen Rock zurecht und kam auf die beiden zu.

»Kiek se dir an, Helga«, seufzte Kim, die jeden Schritt von Kitty genießerisch verfolgte. »Unser Mutter Morgana!«

Kitty ging nicht, Kitty hatte eine atemberaubende Art zu schreiten. Groß, sehr aufrecht. Ein Glanz. Es war, als ob ihre Hüften von zwei entgegengesetzten Kräften gleichzeitig angetrieben wurden. Vorwärts und rückwärts. Und der Unfallschwerpunkt, in dem ihre Füße steckten, ließ sie gut zehn Zentimeter über dem Erdboden schweben und gab dem Schwung den letzten Rest. Nach links und nach rechts. Ein Blinder mußte sie an dem kreisförmigen Luftwiderstand erkennen, den sie bei jeder ihrer majestätischen Bewegungen hervorrief.

Sie strich, schreitend, mühelos zwei Scheine glatt, legte sie ruhig herum, schob sie in eine flache goldene Handtasche und klemmte die unter ihren linken Arm. »Heh, Kim!« strahlte sie. »Wat treibt dich denn her? Laß uns doch ooch 'n paar Taler. Du hast doch jestern schon Bescherung jehabt!« Was ihren schönen kirschroten Mund noch schöner und die graugrünen Augen noch leuchtender machte.

»Da kommen wir gleich zu.« Kim blitzte sie an. »Wer war'n der in dem Swimmingpool? Kennen wir den?«

Kitty zuckte geringschätzig die Achseln. »Vergiß ihn. Dieser Popwilly.«

»Siehste!« rief Helga, ohne den Spiegel aus der Hand zu legen oder auch nur hochzusehen. »Kam mir gleich so bekannt vor. Der hat doch früher 'n dunkelgrünen Jaguar jehabt.« Helga Buchführerin. »Is det nich der Jeizkragen, der glaubt, er kricht Rabatt, weil er so jungsch ist?«

»Ja ja. Trau keinem unter dreißig! Jeh mir doch los. Der sitzt auf'm Pfennig, daß der Adler quietscht. Nich mal zwee Freikarten für Tina Turner hat er rausjerückt letztet Jahr. Mußt ich Moni selber koofen!«

Moni war Ramona, Kittys älteste Tochter. Moni war schwarz, genauer gesagt, rötlich braun wie Herbstlaub. Mit sehr vielen sehr haltbaren schwarzen Kringeln auf dem Kopf. Für Kitty die ständige Erinnerung an ihre heißeste Liebesgeschichte. Nach drei Wochen war Lieutenant Morris Franklin nach Vietnam geflogen worden. Und nach weiteren drei Wochen, an einem grausam schönen Maitag war Morris' Kumpel auf der Augsburger Straße, wo Kitty damals geackert hatte, vorbeigekommen, hatte ihr die Hand geküßt und geweint. Mitten auf der Straße. Dann hatte Marvin ihre Hand aufgefaltet, ein gestanztes Blechschild mit einer Kette hineingelegt und sie wieder zugedrückt, so fest, daß sich die Blechränder ins Fleisch gebohrt hatten. »You keep it«, hatte er gewürgt. »Don't tell nobody. It's geklaut.«

Kitty hatte zwei Stammfreier abfahren lassen. Das war jetzt zwanzig Jahre her. Seitdem lautete ihre Lebensphilosophie: »Mir kann nischt mehr aus de Bahn schmeißen, ick bin liebejeprüft.«

Zweimal hatte sie der Liebe noch eine Chance gegeben, und jedesmal war sie nach kurzer Zeit und mit einer neuen Windsbraut im Bauch siegreich daraus hervorgegangen. Einer sizilianisch dunklen, Diana, und einer österreichisch hellen, die folgerichtig Bianca hieß. Den etwa dreizehnten Mann, mit dem sie sich etwas gegönnt hatte, hatte sie aus praktischen Gründen zum Standesamt geführt. Er war arbeitslos und konnte sich um die Töchter und den Haushalt kümmern. Leider saß Werner hin und wieder ein, weil er seine Leidenschaften für Autofahren und Saufen nicht auseinanderhalten konnte. Bei seinem letzten Aufenthalt in Tegel hatte es sich als günstig erwiesen, daß er Vater wurde. Auch *das* Problem hatte Kitty pragmatisch gelöst. »Du kriegst das Kind von mir, und du trinkst nie wieder einen Tropfen.« Logischerweise war dabei ein Sohn rausgekommen, der – weil Kitty zu Männern nicht mehr soviel einfiel – Werner Zwoo genannt wurde.

»Vielleicht nimmst *du* den neechset Mal, Kim!« schlug Kitty vor, während sie Makeup und Frisur im Taschenspiegel überprüfte.

»Wat – Werner?« fragte Kim zerstreut.

»Wer redet denn von Werner! Unsern Popwilly. Wenn der *dich* sieht, verdoppelt er den Einsatz!« lachte Kitty und verpaßte Kim einen leichten Rippenstoß. »Aber davon wollen wir Prozente, wat Helga? Helga! Wie siehst'n *du* aus!«

Sie kreischte auf. Kim drehte sich zu Helga und fing auch an zu prusten. Helgas Perücke saß zwar symmetrisch, aber so tief in der Stirn, daß sie aussah wie frisch aus dem Neandertal zugewandert.

»Is doch allet Scheiße hier!« schnaubte Helga. »Wie sollst'n det ooch hinkriegen mit eene Hand!«

Kitty kniff bereits die Knie zusammen. »Helga bitte! Setz die Mütze jrade, ick mach mir sonst voll!«

Kim ging zu Helga, nahm ihr den Spiegel aus der Hand und zog ihr mit sicherem Griff die Perücke wieder gerade.

Kitty war nicht mehr zu bremsen. »Ick kann nich mehr! Der Popwilly hat ooch schon sonne Lacher druffjehabt! Der hat nemmich umjesattelt, sacht er. Macht jetze uff kerlig und Leder. Rein jeschäftlich natürlich.« Wenn Kitty beschlossen hatte, richtig zu lachen, dann wurde daraus in kürzester Zeit eine Ganzkörperaktion. Sie verknotete nicht bloß die Knie, sie drehte sich um die eigene Achse und tippelte, soweit sie konnte, ohne das Gleichgewicht zu verlieren.

Kim und Helga sahen ihr staunend zu.

»Ick weeß noch, letztet Jahr hat der *sonne* Klappe jehabt, von wegen, die jute Musik kommt heutzutage von Frauen, die bringen's. Und denn hat er jemerkt, det muß man *können*, Mädels abzocken, so einfach is det nich. Da hat er nemmich pleitegemacht. Aber jetzt steigt er janz jroß wieder ein, unser Willy. Hat sich ein neues Pferdchen besorgt, aus der Dunkelkammer von irgendeene Sauna in Wildwest, Ruhrpott oder so. Dem hat er 'n halbet Jahr Military-Dressur beijebracht, und mit dem macht er jetzt die Mark, sagt er. Kerle sind in, sagt er. Ick sage, na, und wenn du die hast, Willy, die Mark, denn kommste wieder, und denn brauchen wir hier nich mehr Sozialamt spielen, hörste!«

Noch eine Drehung, ein paar Tippelschritte mit zusammengekniffenen Knien. Kim und Helga kicherten mit. »Aber ick sahre euch, der bringtet nich. Jestern abend hat er Premiere jehabt mit seim Kerlchen, im *Bellavista*, und die is total in die Hose jegangen. Da is irgendeine Braut umjekippt, und nach seim Kerl hat keen Hahn mehr jekräht!«

Kim hörte auf zu grinsen und stakste über die Straße, schwang sich auf die Enduro und fuhr sie, mit dem Helm am Lenker, ein Stück die Tiergartenstraße hinauf in den Stichweg zur italienischen Botschaft.

»Beene, lang wie 'n Regentag«, seufzte Kitty und starrte ihr nach. »Die mit ihre Schrottpänts auf'm Bock – Helga! Auf die Dauer verdirbt die uns die Preise.«

Helga steckte den Spiegel endgültig in die Tasche zurück und stand auf. Kitty behielt routinemäßig die Autos im Augenwinkel. Alle voll. Weit und breit kein einzelner Mann, der sich am Lenkrad festklammerte und aussah, als führe er ganz per Zufall Schritt-Tempo. Um die Landschaft zu betrachten, zum Beispiel. Oder die Sterberate des Waldbestands in städtischen Grünanlagen. Erst recht keiner, der zielstrebig auf den Bordstein zuhielt und genau wußte, zu wem er wollte.

Der einzige Wagen, der inzwischen zum vierten Mal vorbeikroch, war ein grün-weißer Bulli mit zwei Uniformierten drin. Er hielt gerade an, als Kim mit Helm auf dem Kopf zurückgebrettert kam. Sie bremste quietschend neben der Fahrertür. Der Fahrer kurbelte die Scheibe herunter. Sie hielt die laufende Enduro zwischen den ewigen Beinen, riß den Helm ab, schüttelte die neonblonden Haare und reckte den Mittelfinger. »Nun mal weiter, Jungs, wir ham zu tun! Und nich verjessen: Schwarzsehen kommt teuer zu stehen!«

Der Fahrer erwiderte den Gruß, setzte die Dienstmütze wieder auf und startete durch.

»Laß die doch«, sagte Kitty, »die stören doch nich. Ham sich ooch schon enorm jebessert.«

»Ick kann se nu ma nich sehn! Ham hier nischt verloren. Außer wenn man se ma braucht, aber denn sind se immer woanders.« Kim quetschte die Mähne wieder unter den Helm und fuhr zurück, um die Enduro abzustellen.

Von der Klingelhöfer Straße her näherte sich ein etwas baufälliger Renault.

Helga gab Kitty einen Stoß.»Wir kriegen Begleitschutz! Du kommst wie jerufen, Karin!«

Der Erste Kriminalhauptkommissar Lietze warf die Tür zu und wünschte einen guten Morgen. »Was Genaues kann ich noch nicht sagen, Mädels. Ich muß erst noch ein paar Leute erreichen.«

»Heute abend is früh jenuch«, fand Helga. »Da ham wir Treffen.«

»Ich werd's versuchen. Aber erstmal brauche ich was von euch. Sagt euch der Name Wielack was? Hans-Jürgen oder auch Ha-Jott?«

Helga und Kitty schüttelten die Köpfe und sahen abwechselnd Lietze und die Tiergartenstraße an, auf der Kim zurückgerannt kam.

»Ungefähr dreißig, gekleidet wie aus der Männer-Vogue, klebrige Haare, schwitzt ständig und scheint immer auf Hundertachtzig.«

Alle drei Mädels schrien etwa gleichzeitig: »Der Pop-Willy!«

»Na also!« Lietze wurde neugierig.

»War eben noch hier.« Helga zückte ihr Notizbuch.

»Scheint ein Frühaufsteher zu sein. Wo ist er denn hingefahren?«

»Keine Ahnung.« Kitty zuckte die Schultern.

Kim überlegte. »Na, denn jehen wir eben ins Bella frühstücken. Und du kommst mit, Karin. Wo dreie satt werden, werden ooch viere satt.«

»Kim hat heute ihren Spendier-Tanga an«, sagte Helga befriedigt in Richtung Lietze und Kitty, die beide etwas desorientiert aussahen.

Lietze überlegte einen Augenblick. Warum eigentlich nicht, fand sie schließlich. Die Behörde möchte ich sehen, die genug Phantasie hat, sich vorzustellen, daß die Beziehungen eines Mordkommissars weiblichen Geschlechts zu drei Bordsteinschwalben andere sein könnten als die, die man in diesem Beruf zu V-Leuten eben hatte. »In Ordnung. Vielleicht läuft er uns da über den Weg.«

Kitty schloß ihren Mercedes auf, und Lietze nahm im Fond Platz. Kitty ließ den Wagen an, und im selben Augenblick plumpste Helga ebenfalls auf den Rücksitz. Kitty drehte sich um und geriet wieder hart an den Rand eines Lachkollers. »Helga!« kreischte sie. »Nicht auf die Kassetten! Setz dir auf die Jummis, denn sitzte ooch weicher!«

Helga wurde rot und suchte nach einer passenden Bemerkung.

Kim warf ihr den Helm auf den Schoß und stieg vorn ein.

Kurz darauf rollte ein admiralblauer Mercedes mit vier normalen Leuten drin vom Bordstein und glitt sanft die Tiergartenstraße entlang in Richtung Philharmonie.

»Ick weeß ja nicht, was det für'n Eindruck macht, wenn nun jar keene von uns mehr da steht!«

Helga war endlich etwas eingefallen.

GEGEN HALB ZEHN hatte Kriminalhauptkommissar Detlev Roboldt die Nase voll. Nicht einmal das Lesen klappte. Er schlug fluchend die Bettdecke zurück, lag einen Augenblick lang bloß und starrte auf einen Druck an der gegenüberliegenden Wand. Er hatte den in weiße Tücher gehüllten Reichstag dahin gehängt, weil er so angenehme Erinnerungen an ein zerwühltes Bett weckte. Dann sprang er auf und klappte die Jalousie hoch. Die Kastanie im Hinterhof hatte fast alle Blätter verloren. Nur ein paar grau-gelbe Überreste hingen noch regungslos unter einer trüben Glocke aus Braunkohlendunst und Schwefel.

Er tappte in die Küche und setzte Teewasser auf. Danach verschwand er für eine Weile im Bad. Er hatte es sich vor Jahren abgewöhnt, morgens noch vor dem Wachwerden in den Spiegel zu sehen. Aber heute morgen blieb er daran hängen. Und was da wagte, seinen Blick zu erwidern, war eine verknautschte und insgesamt schiefe Ansammlung von Dellen, Furchen und ein paar Sinnesorganen. Die Augen schienen über Nacht nach innen gewachsen zu sein. Gott, Detlev, wir werden alle älter, versuchte er sein Gegenüber zu trösten. Aber es verzog keine Miene.

Er *hatte* schlecht geschlafen. Sicher. Genauer gesagt, gar nicht. Sondern schwer geschuftet. An irgendeinem Rätsel. Er hatte versucht, es zu entschlüsseln, rückwärts, vorwärts, seitwärts, von allen Richtungen. Das hatte ihn die ganze Nacht wachgehalten. Und wenn dieser kleine Bursche nun wirklich Schiß vor etwas hatte? Vor etwas, das man verhindern konnte – nein, mußte?

Er goß sich einen Becher Tee auf, rührte Milch und Honig hinein und ging damit zum Telefon.

DER DÜNNE ALTE MANN an der Rezeption des *Hotels Bellavista* gab bereitwillig Auskunft, wo der Frühstückssaal lag. Das gesamte Personal war am Vortag von höchster Stelle programmiert worden, sich durch keinen noch so ungewöhnlichen Aufzug aus der Ruhe bringen zu lassen, und unvorhergesehene Ereignisse hatten bisher verhindert, daß dieses Programm hätte gelöscht werden können. Mit derselben distanzierten Folgsamkeit wählte er dann eine Nummer und wartete. »Herr Wielack ist nicht in seinem Zimmer«, meldete er schließlich. »Möchten Sie, daß ich ihn im Frühstückssaal ausrufen lasse?«

»Nein, vielen Dank«, sagte Lietze. »Aber Sie könnten mir Bescheid geben, wenn Sie ihn sehen.«

Hans-Jürgen Wielack saß auch nicht beim Frühstück.

»Warum soll der denn im Hotel wohnen, der hat doch 'ne

eigene Wohnung«, gab Kim zu bedenken, während sie auf einen Tisch am Fenster zusteuerten.

»Vielleicht wegen der Aussicht«, sagte Lietze und sah hinunter. Auch der Frühstückssal lag im dreizehnten Stock.

»Aussicht!« protestierte Helga. »Det *war* mal eene. Kiek dir dis doch bloß an – Blechlawinen und Ameisen!«

Es stimmte. Zu Füßen des Hotelturms war jeder Quadratmeter freie Fläche mit Autos vollgestellt. Nebenan lag ein seltsam geformtes Areal mit Buden und Tischen und mit Menschenmengen, die versuchten, sich dazwischen durchzuschlängeln. Flohmarkt. Lietze ließ ihren Blick schweifen. Hinter dem Marktgelände erhob sich ein seltsam modernes Etwas in grün, von dem aus ein riesiges Gestänge über die Parkplätze hinweg durch den Himmel führte. Es hielt sich eine kurze Strecke lang genau an den Verlauf der buntbemalten Mauer und lief dann weiter in Richtung Tiergarten. Hin und wieder glitt ein kurzer Waggon darüber. Hin und zurück.

»Hättet ihr ma früher seh'n sollen«, maulte Helga weiter. »Jar keen Vergleich! Die Magnetbahn hätt'ste dir nich mal einfallen lassen können. Da waren nemmich Häuser. Vom Feinsten. *Café Vaterland* und *Josty* und so, vastehste? Bei *Josty* ha'm wir Kuchen jejessen, wie ick 'n Kind war. Is 'ne Schande allet.«

Der Kellner unterbrach Helgas Memoiren rund um den Potsdamer Platz, bevor sie noch schmerzhafter wurden. Lietze lächelte, als sie ihn ansah. Es war einer von denen, die gestern abend in Leder und Ketten uniformiert in den Fluren herumgestanden hatten. Heute morgen trug er wieder Standard und ließ mit keinem Zucken einer Augenbraue durchblicken, daß er sie erkannte.

»– für meinen Geschmack is det 'ne ganze linke Bazille«, schloß Kim zwischen Kauen und Schlucken. »Keene Ahnung, wo der seine Knete herhat.«

»Viel kann der nich haben«, grinste Kitty. »Bei mir feilscht der bald um Fennje!«

»Die es am wenigsten nötig haben, sind immer am jeizigsten«, hielt Helga dagegen und lehnte sich würdevoll zurück.

»– also jedenfalls ist det keener, der bei unsereiner abkassiert. Det bringt der nich. So bescheuert is keene von uns«, sagte Kim.

»BTM – sagt euch das was?« fragte Lietze.

Kim bekam leuchtende Augen. »Na, klar. Die kenn ick jut. Freundinnen von mir, möchte ick ma sagen. Ach, siehste, hab ick janz verjessen«, sie wandte sich zu Kitty und Helga. »Die ha'm det Stücke wirklich *jemacht*!«

Lietze sah sie fragend an.

Kim schnippte mit den Fingern und krächzte etwas wie »'cause good girls go to heaven, but bad girls ev'rywhere« und schlenkerte dazu den schmalen langen Oberkörper und die neonweiße Mähne.

»Wielack hat sie früher gemanagt«, fuhr Lietze fort. »Irgendetwas darüber gehört?«

Kim pfiff durch die Zähne. »Ach deswegen!« sagte sie dann. »Die hatten Mordszeck mit ihrem Manager vor'n paar Monaten, aber wieso, weeß ick auch nich genau. Ick weeß bloß, daß die vor zwei Wochen oder so doch wieder anjefangen haben mit ihrem Videoclip. Det sah erst so aus, als wär der jestorben. Da war irnk'n janz linket Ding jelaufen. Soll ick mir ma drum kümmern?«

Lietze nickte.

»Sucht ihr den Willy wegen Mord?« fragte Kitty begeistert.

Lietze zuckte die Schultern und befaßte sich intensiv mit einem winzigen roten Punkt auf dem linken Nasenflügel.

Kitty fand es aufregend, die einzige zu sein, die ihn vor kurzem noch lebend gesehen hatte. Aber Lietze gab keine weiteren Informationen.

»Seit wann interessierst *du* dir eigentlich so für dein Aussehen, Karin?« platzte Helga in ein leicht betretenes Schweigen hinein.

Lietze schien sich ertappt zu fühlen. Sie hörte auf, den Pickel zu betasten, und grinste leicht verschämt. Alle drei sahen sie erwartungsvoll an.

»In deinem Alter!« krähte Helga weiter. Sie genoß es sichtlich, daß einmal jemand anderes Zielscheibe des Spotts wurde, mit dem Kim und Kitty sich die Wartezeiten verkürzten. »Det steht dir jar nicht zu, dienstgradmäßig«, stichelte sie weiter, »det darf man, wenn man zwanzich is und frisch verknallt.«

»Du meinst, mit fast fünfzig darf man sich nicht mehr frisch verknallen?« schlug Lietze zurück.

Die Wirkung war so durchschlagend, daß der Kellner einen pikierten Blick durch den ganzen Raum schickte. Kitty gurrte, Helga meckerte: »Hähä, ick hab's jeahnt«, und Kim ließ ein grelles »Aha!« vom Stapel, das soviel hieß wie: »Na, Süße, denn komm ma rüber mit die Geschichte!« Lietze kapitulierte und gab im Flüsterton einen höchst unaufgeräumten Kurzbericht über die Affäre Klaus. »Herzlichen Glückwunsch«, kommentierte Kitty strahlend. »Du machst mir richtig Hoffnung, Karin!«

Nur Kim wirkte leicht enttäuscht. »Is ja jebongt«, sagte sie schließlich. »Aber kannste mir mal sagen, wieso det ausjerechnet 'n Kerl sein mußte?«

»Weil die wirklich heißen Bräute ooch nich jebündelt anne Ecke stehen!« sagte Helga feixend und zwängte sich vom Stuhl hoch. »Ick jeh ma für kleene Mädchen. Will wer mit?«

Kitty stand auch auf. »Sonst kommt se noch mit'n verrutschten Kopp wieder«, sagte sie und schenkte Lietze einen ihrer schönsten Augenaufschläge. »Ihr könnt ja schon mal die Aktion Z weiter besprechen.«

Lietze wollte gerade anfangen, Kim zu erklären, welche Schritte sie bisher unternommen hatte, als der Kellner sich formvollendet räusperte. Eine neonweiße Mähne und ein blonder Herrenschnitt fuhren auseinander.

»An der Rezeption steht ein Herr für Sie«, meldete er, »wenn Sie sich beeilen, erwischen Sie ihn noch.«

Lietze sprang auf, zog den Regenmantel über das breitschultrige Herrenjackett, griff nach der Schachtel Zigarillos und dem Feuerzeug und steckte sie ein. »Ist das wirklich in Ordnung, wenn du bezahlst?«

Kim nickte. »Ick ruf dich später an, sowie ick wat weeß.«

Am Tresen der Rezeption stand ein Mann und tupfte sich hastig mit einem Taschentuch über Stirn und Nacken. Der dünne alte Mann brachte ihm ein Glas Wasser, und der schwitzende Mann legte gerade zwei Tabletten auf die Zunge und setzte das Glas an den Mund, als die Fahrstuhltür aufging und Karin Lietze heraustrat. »Guten Morgen, Herr Wielack, wie schön, daß ich Sie noch erwische!« sagte sie kühl.

Der Angesprochene bekam den mindestens fünfunddreißigsten Schweißausbruch an diesem Morgen.

»Können wir uns einen Augenblick unterhalten? Sie sind gestern abend so schnell verschwunden, daß leider noch ein paar Fragen offengeblieben sind.«

Wielack hatte das sichere Gefühl, daß die Ohren des dünnen alten Mannes über den Tresen wuchsen. Er stellte das Wasserglas vor ihn und drehte sich zum Ausgang. »Aber selbstverständlich, Frau Kommissarin«, sagte er jovial und deutete auf die Tür. »Wie wär's draußen?«

»Wenn Sie sich da nicht erkälten?« antwortete Lietze spöttisch.

Der Himmel war noch immer grau, als sie zwischen kreuz und quer geparkten Autos und Leuten, die mit alten Lampen und

Garderobenständern und ähnlichem Krempel beladen waren, hindurchgingen.

»Sie müssen entschuldigen«, japste Wielack eine Spur zu beflissen, »man hat als Manager alle Hände voll zu tun, wenn einem eine Premiere platzt.«

Lietze ging hinter ihm her und beobachtete seine rudernden Arme.

»Ich habe jetzt auch gar keine Zeit, Frau Kommissar«, er drehte knapp den Kopf. »Wir haben einen Termin –«.

»Dann schlage ich vor, Sie kommen einfach heute nachmittag in die Keithstraße.«

Wielack blieb stehen und drehte sich um. Er sah ihr ins Gesicht.

»Wie ich schon sagte, wir haben ein paar kleine technische Fragen, Herr Wielack. Aber wir können selbstverständlich auch zu Ihnen kommen.«

»Nein, nein«, erwiderte Wielack hastig. »Ich möchte Ihnen natürlich keine Umstände machen, gnädige Frau –«.

»Sagen Sie einfach Lietze«, schlug Lietze vor. »Das tun andere auch. Paßt Ihnen vier?«

»Vier – einen Augenblick mal.« Wielack zog einen kleinen Lederkalender aus der Jackentasche und blätterte. »Halb vier wäre mir lieber.«

»In Ordnung. Sie wissen, wo wir sind?« Lietze reichte ihm ein Kärtchen. Sie waren wieder am *Bellavista*-Eingang.

»Eine ganz schnelle Frage noch, Herr Wielack, bevor Sie Ihren Schützling in Empfang nehmen. Warum haben wir eigentlich keinen Wodka in der Wodkaflasche gefunden?« Sie sah ihn an.

Er schien nicht überrascht zu sein. »Ach, tja, wissen Sie, gnä- äh, Frau Lietze. Man hat so seinen Kummer mit's Personal, nicht, hähä. Ich möchte gerade dieses Thema gern so diskret wie möglich behandeln, nicht wahr. Sie wissen ja, man hat schnell seinen Ruf als Alkoholiker weg. Und Röhm ist doch noch so jung. Sie verstehen?«

Lietze verstand, was Wielack ihr erzählen wollte. Und sie freute sich darauf, ihm zu entlocken, was sie hören wollte. Sie ging mit ihm zusammen ins Hotel und fragte nach einer Telefonzelle. »Und denken Sie bitte dran anzurufen, falls sich unsere Verabredung verschiebt, Herr Wielack.«

UM ACHT MINUTEN VOR ELF stand Hans-Jürgen Wielack wieder vor dem dünnen alten Mann und trommelte mit den Fingern auf den Tresen. Endlich ging die Fahrstuhltür auf, und Richard Röhm kam heraus. Das heißt, was da heraustänzelte, war Sascha Pietz.

»Du bist doch zu blöd, um ein gelbes Loch in den Schnee zu pinkeln!« schnarrte Wielack los. Diese kleine Ratte verweigerte den Kostümzwang! Sascha erschien in Jeans, Turnschuhen und T-Shirt. Von der vorschriftsmäßigen Montur war nur noch die Lederjacke übriggeblieben. Auch die Haare hingen viel zu weich in alle Richtungen.

»Wat willze denn!« trumpfte der auf. »Du hass gesacht, wir geh'n nach'm Radio – da kuckt doch keiner.«

Wielack warf einen Blick auf die Radarschirmohren des dünnen alten Mannes und zog Sascha nach draußen. »Du, paß mal auf! Ich habe dir nicht aus Jux und Tollerei dieses Image verpaßt. Du mußt den Kerl nicht bloß spielen, wenn's dir gerade in den Kram paßt. Du mußt der Kerl *werden*. Haben wir uns verstanden? So wie du aussiehst, glaubt dir kein Mensch deine Gigs. Und wenn die dann noch rauskriegen, daß du Pietz heißt – und das *kriegen* die raus, da kannst du Gift drauf nehmen! Und wenn bloß, weil deine stolze Mama die Story an die Bildzeitung vertickt – dann bist du weg vom Fenster. Dann bist du Sascha Pieps für die und Schluß!«

Sascha stolperte zwischen Autos, Leuten und Nippes hindurch hinter Wielack her. Er spielte einen Moment lang mit dem Gedanken, nicht einzusteigen, als Wielack die Tür des türkisgrünen Chevrolet aufschloß. Aber Wielack schien sich durch nichts beirren zu lassen. Er redete pausenlos auf Sascha ein.

»Man muß ja richtig dankbar sein, daß du nicht im Fummel angerückt kommst, du dämliche kleine Schwuchtel, du! Ich sage es dir zum letzten Mal: Der Weichlichkeitswahn ist nicht mehr angesagt! Was heute geht, sind Kerle. KERLE, merk dir das, sonst buchstabier ich's dir auf den Arsch. Ich habe dich unter Vertrag, und du hältst dich an das, was ich dir sage. Und sonst gar nichts. Und wenn du das nicht bald schnallst, dann ist aus. Abspann. ENDE.«

Wielack unterbrach die Predigt für einen Augenblick, um sich das Gesicht abzutupfen. Sascha rutschte tief in den Sitz. Früher hatte er auf solche Typen nicht einmal geachtet. Sonne – sonne schleimigen, schwitzigen – nää.

»Samma, Willy«, fing er an, »wat war'n da drin, gestern abend?«

Wielack starrte eisig weiter nach vorn. »Wovon redest du, bitteschön?«

»Dat Glas, watte mich gegeben hass«, stammelte Sascha kläglich weiter.

»Ich weiß wirklich nicht, wovon du redest. Ich weiß von keinem Glas.«

»Watte mich immer gibs. Weißte doch, Mänsch!« Sascha klang verzweifelt und sah ihn flehentlich an.

»Paß mal auf, du kleiner Zuckerarsch. Es ist entschieden gesünder für alle Beteiligten, wenn du irgendwelche eventuellen Gläser ganz schnell vergißt. Haben wir uns verstanden?«

Sascha spürte, wie Panik ihm die Schenkel hochstieg.

Wielack beobachtete ihn aus dem Augenwinkel. Der ist gar. Genau in der richtigen Stimmung, um die PUZ-Leute zu überzeugen, daß ihm die Sache mit dieser Kulturnudel naheging. Er brauchte gar nicht groß das Maul aufzumachen. Er flatterte am ganzen mickrigen Körperchen, und er hatte *keine* Streß-Killer, um sich wenigstens einen ruhigen Anstrich zu geben. Läuft doch wie geschmiert, fand Wielack. Flexibilität war schon immer seine Stärke gewesen.

Als der türkisgrüne Chevrolet vor dem Gebäude des SWB parkte, sah Sascha aus, als würde er sich am liebsten in irgendwelchen Armen verstecken und ausheulen. Wie früher. Ach, Mama! Du sollz dat alles nie erfahren. »Nää!« krähte er mühsam entschlossen, als er ausstieg. »Ächt nich!«

»...UND DESHALB bin ich die einzige, die hier einen Nachruf zu sprechen hat!« beendete Regine Trübner-Zaecke ein dreiminütiges Wort zum Samstag. Sie hatte beim Funk gelernt. Man gewöhnt sich dort nach einiger Zeit an die Drei-Minuten-Norm für Wortbeiträge. Der Overall war heute leopardgemustert, ansonsten aber gleich. Insofern paßte er wie angegossen.

Günter Messing sah sie an. Vollkommen herzlos, alle beide, dachte er. Titty mit ihrer Rohheit, und jetzt Regine, die nichts Eiligeres zu tun hatte, als sich den Nachruf in der Sondersendung heute abend zu sichern.

»Meinst du wirklich, daß du die richtigen Worte dafür findest, Regine?« fragte er matt.

»Was soll das heißen?« stürzte es unverzüglich auf seine leider unbedeckten Ohren hernieder. »Wer denn wohl sonst? Günter, ich habe dir damals schon auf den Kopf zugesagt: Du bist auch nur ein mieser kleiner Sexist. Du denkst wohl, ihr Männer könntet euch die Frauen noch unter den Nagel reißen, wenn sie tot sind, wie!«

Günter Messing dachte ganz etwas anderes, aber das sagte er nicht. Er dachte an Regine Trübner-Zaeckes feministische Wende vor knapp zwanzig Jahren. Seitdem hieß ihr Grundgesetz: Die Geschichte der Menschheit ist eine Geschichte von Geschlechterkämpfen mit ein für allemal festgelegten Siegern und Verlierern. Und seitdem hatte sie ihre dreiundzwanzig voraufgegangenen Lebensjahre zur Zielgeraden umgeschrieben. Systematisch und nicht angekränkelt von des Gefühles Blässe. Dieser ihrer Bewegung hatte sie schließlich einen Ehemann geopfert und einen Sohn geweiht. Beide waren selbstverständlich nicht dazu gefragt worden. Kriegsgegner werden nicht gefragt. Die werden liquidiert oder infiltriert. Den Namen des Herrn Trübner allerdings hatte sie konfisziert und seitdem wie eine Banner eingesetzt: Seht her, ich habe auch einen abgekriegt, und vor allem hab ich ihn auch wieder *weg*gekriegt!

»...nachdem ihr sie in den Tod *getrieben* habt! Ich weiß positiv, daß du Béatrice gestern abend massiv bedroht hast«, das Rieseln erklomm bedenkliche Höhen, »du wolltest sie loswerden, Günter! Gib das zu.«

»Was trinkst du – darf ich dich einladen?« fragte er freundlich.

Die Kellnerin zählte gereizt die Sprünge im Putz der Decke, bis Regine Trübner-Zaecke sich für Kamillentee entschieden hatte. Günter Messing wollte Capuccino. »Ohne Kakao. Bitte.«

»Also?«

»Ach, Regine«, seufzte er. »Ja, ich wollte sie loswerden. Aber nicht so, wie du meinst.«

»Hört, hört!« rieselte es triumphierend. »Wir dürfen wählen!

Wie ausgesprochen großzügig, der Herr. Wie kann man loswerden denn bitteschön noch alles verstehen.«

Es hat keinen Sinn, Günter. Sprache ist beliebig. Und eines Tages wirst du deshalb deinen Job hinschmeißen.

»Ich habe ihr nur klarzumachen versucht, daß man mit bestimmten Wörtern vorsichtig umgehen muß, in diesem unserm Land«, sagte er schließlich kraftlos. »Aber du weißt ja, Titty war nicht gerade ein Ausbund an Sensibilität und Intelligenz.«

»Unerhört«, fuhr Regine dazwischen.

Gib's auf, Günter, bohrte es weiter in ihm. Gegen geschlossene Systeme kommst du nicht an. Sie hat recht. Sie hat einfach immer recht. Und immer die Moral auf ihrer Seite.

»Und zweitens habe ich ihr empfohlen, die Finger von diesem kleinen Musik-Macho zu lassen. Was muß sie den unbedingt missionieren gehen?«

»Und was mußt du dich jetzt zu dessen Beschützer aufspielen? Widerliche Männerbündelei. Ich verbiete dir, so auf der Ehre meiner verstorbenen Freundin herumzutrampeln!«

»Regine!« Günter wurde jetzt auch scharf. »Bleib auf dem Teppich, ja? Du glaubst doch nicht im Ernst, daß Titty sich umbringt, bloß weil sie das Gefühl hat, ich will sie rausschmeißen!«

Regine reckte den Hals und bekam den Gesichtsausdruck eines Nußknackers. »Sehr klug beobachtet«, rieselte sie. »Ich glaube *nicht* im Ernst, daß sie sich umgebracht hat. Hätte sie nie. Niemals! Lebenslustig, wie sie war!«

Erzähl noch einen, dachte Günter müde. Hinter jedem Schwanz war sie her, und du weißt das am allerbesten.

»Und –«, Regine setzte eine Kunstpause für alle, die eventuell mitschreiben wollten, »sie war Journalistin aus *Leidenschaft*!«

»Jawoll!« kicherte Günter Messing. Es klang wie zusammengeschlagene Bundeswehrhacken. Er sah sie mitleidig an. Auch Regine Trübner-Zaecke gehörte zu den Leuten mit dem berühmten Gesichtskreis, dessen Radius gegen Null ging und den sie fälschlich als Standpunkt empfanden. Und als solchen auch verfochten. Mit Leidenschaft!

»Regine«, lächelte er milde, »du und ich wissen, daß Tittys Leidenschaft sich an Typen erschöpft hat.« Er biß sich auf die Zunge. Er wußte, daß jetzt eine typische Zaecke-Volte kommen mußte.

»Ihr seid weiß Gott erschöpfend, ihr Männer! Vor allem, wenn ihr leidenschaftlich sein wollt.« Sie wandte sich der Kellnerin zu, aber die würdigte sie keines Blickes, sondern sah nur zu, daß sie schnell ein Glas Kamillentee und eine Tasse Kaffee mit Schlagsahne und Kakaopulver drauf loswurde. Regine setzte hastig das Teeglas wieder ab und leckte sich mit einer leicht schmerzverzerrten Grimasse die Unterlippe. »Günter«, fuhr sie dann fort, »meine Freundin ist ermordet worden, und ich will wissen, von wem!«

»Ich auch. Wenn das stimmt. Du weißt, daß sie verhaßt war. Und zwar vor allem bei Frauen. Und ich an deiner Stelle würde heute abend keine Spekulationen darüber live übern Sender gehen lassen. Erstens hat sie vor allem Frauen angepißt, und zweitens sind Männer, wie dir bekannt sein dürfte, mit Blindheit geschlagen. Die kucken nicht so genau hin, solange die Körbchengröße stimmt, nicht?«

»Das ist eine üble Verleumdung!«

»Wie bitte?« Günter sah sie irritiert an.

Regine sammelte die Obertöne und probte erste Nachrufideen. »Béatrice hat nie dieses Friede-Freude-Eierkuchen-Getue mitgemacht. Und Göttin sei Dank, kann ich nur sagen! Das ist überhaupt eines der übelsten Klischees –«.

Erzähl mir was von Klischees, dachte Günter mürrisch. Deine feministische Wende ist eins, genau wie diese andere vor einem halben Dutzend Jahren. Du und dieser Bundeskanzler, ihr seid einfach dasselbe Klischee. Ihr gehört zur Familie wie die Nußbaumschrankwand, hinter die man heimlich seine Popel klebt. »Weißt du, Regine«, fiel er ihr plötzlich ins Wort, »dein Feminismus ist nichts weiter als der Versuch, es sich in einem absolut widerspruchsfreien Raum gemütlich zu machen. Ein infantiler Traum, sonst nichts.«

Er atmete schnell. Es war gar nicht so schwer gewesen. Warum hatte er ihr das nicht früher schon gesagt?

Regine musterte ihn mit spöttischem Erstaunen. »Wenn Béatrice einer Frau einen reingewürgt hat, dann war das sehr berechtigt!« schloß sie den Bogen ihres unterbrochenen Beitrags.

»Ach – ja?« Günter wurde ganz aufgeregt. Jetzt kam *seine* Volte. Das war's. Feminismus ist, wenn eine Frau erstens immer recht hat und damit zweitens immer im Mittelpunkt steht. Automatisch. Er lehnte sich genüßlich zurück und stützte den rechten Arm auf die Lehne, um den Triumphmarsch, den er ihr gleich blasen würde, noch ein bißchen entspannter auskosten zu können.

Nur, daß da keine Lehne *war*. Erst in allerletzter Sekunde bekam seine freirudernde linke Hand die Tischkante zu fassen. Eine halbvolle Tasse falscher Capuccino und ein leerer Aschenbecher gingen zu Bruch. Die folgenden Minuten war Günter Messing damit beschäftigt, die Kellnerin zu beschwichtigen und sich die Sahnereste von der Hose zu kratzen. Regine sah ihm verächtlich zu und hielt ihr Glas umklammert.

»Ich bin gar nicht sicher«, seine Stimme klang nicht ganz so souverän wie geplant, als er wieder fest saß, »ob du die Affäre um diesen Hamburger Fernsehfritzen da auch so berechtigt findest, meine Liebe.«

Peng! Gut ausgeglichen. Regine war so überrascht, daß sie versäumte, ihn zu belehren, daß sie nicht »seine Liebe« war, wie er zufrieden vermerkte.

»Tja. Falls sie wirklich jemand umgebracht hat, werden sie wohl nach Motiven suchen, meine Liebe. Und dann siehst *du* ein bißchen alt aus, was?« Er beobachtete sie.

Sie rang nach einem Gegenschlag und nestelte einstweilen in ihrer Tasche. »Günter!«

Die sirrende Keule, die sie schwang, klang auch gar nicht mehr so phallisch, notierte er für sich.

»Du sagst mir jetzt sofort, was du mir anhängen willst!« Sie zündete sich eine Zigarette an.

Günter lächelte. Regine rauchte auch eigentlich nicht. Er kostete seine Rache aus. Er würde ihr nicht erzählen, daß er danebengesessen hatte, als Regine Titty einmal am Telefon fertiggemacht hatte. Und wie! Und daß er ein erfahrener Kulturredakteur war und schnell heraushatte, um wen der Krach gegangen war. Um irgendeinen Knirps aus der oberen Etage einer Fernsehanstalt. Wenn die Sonne tief steht, grinste er in sich hinein, werfen selbst Zwerge große Schatten. Er kannte diesen Zwerg sogar flüchtig, und er konnte ihn nicht ausstehen. Typ graue Maus, die sich für eine Eminenz hält. Solche Leute kultivieren ihre Midlife-Crisis auf besonders peinliche Weise. Die lassen nicht bloß Frau und Kinder sitzen, das ist normal. Die hängen sich an die ersten feministischen Adressen. Der pure Opportunismus. Und leicht zu durchschauen, vor allem für entsprechend gepolte Bräute. Sowohl Titty als auch Regine planten seit langem schon ihren Aufstieg ins Fernsehen. Und zwar mit allen Mitteln. Und so einer merkt das nicht einmal –.

»Günter!« riß ihn eine akustische Splitterbombe aus seinen Abschweifungen. Regine hatte ihre Obertöne wiedergefunden. »Du sagst mir jetzt sofort, was du meinst, sonst kann ich dir nicht versprechen, meinen Mund zu halten, falls man bei mir nach Motiven fragt.«

»Was willst *du* denn erzählen?« fragte Günter Messing belustigt. »Daß ich Titty angeblich rausschmeißen wollte? Das reicht vielleicht dem nächsten feministischen Tribunal als Motiv, aber sonst?«

»Sonst«, biß es durch seinen Gehörgang, »steht fest, daß es nicht besonders schwer ist, eine kranke Frau umzubringen.«

»DAS HÄTTEST DU MICH auch am Telefon fragen können. Dafür mußtest du mich nicht ganz in eure gentrification area fahren!« Larry studierte beleidigt die handgeschriebene Speisekarte einer luxussanierten kleinen Edelmensa im hinteren Kreuzberg. Er hatte keine Ahnung, ob er kurz nach dem Aufstehen Appetit auf Kalbsleber in Himbeeressig oder doch eher auf Lammnüßchen mit Knoblauchschlagsahne hatte. Und er hatte auch keine Ahnung, wo Richard Röhm steckte.

Detlev Roboldt lief rostrot an. Nein, nein. So war es doch nicht gemeint. Er wollte doch –. »Wie lange haben wir uns eigentlich nicht gesehen, Larry«, fragte er beschwichtigend.

»Drei Jahre, at least. Seit deinem Urlaub.« Larry ließ sich beschwichtigen. Detlev war viel zu – well, ein bißchen älter war er schon geworden. Aber, somehow he still had an appeal! »Warst du wieder mal in Barcelona?«

Nein, war Roboldt nicht. Er hatte keinen Anlaß gehabt. Damals schon nicht. Damals hatten er und sein Freund eine Art Genet-Wallfahrt durch Spanien geplant gehabt. Bis nach Tanger hinunter. Tatsächlich hatte ihn der Freund eine Woche davor endgültig verlassen. Roboldt hatte die Flucht nach vorn angetreten. Er hatte ein paar Sachen zusammengepackt, sich ein eigenes »Tagebuch des Diebes« gekauft und ins Auto gesetzt. Aber er war damals schon zu alt gewesen, das ließ sich nicht verleugnen, um noch irgend jemandes Dämmergarde zu sein. Und noch nicht alt genug, um selbst eine anzuheuern. Er war allein, er war einsam, und solche Einsamkeit hatte ihn gezwungen, aus sich selbst einen Gefährten zu schmieden. Um nie wieder verlassen werden zu können. In diesem Zustand hatte er eines Abends in einer Kneipe im Barrio Chino einen jungen Amerikaner getroffen, dem es ähnlich ging. Also waren sie zu viert gewesen, er und Larry. Eine Woche lang. Aber man kann aus Löschpapier keine Funken schlagen.

»Entschuldige, Larry, daß ich nach Sascha gefragt habe.«

»Sascha?«

»Oh – äh. So heißt er in Wirklichkeit. Sag's nicht weiter. Ich mache mir Sorgen um ihn.«

Detlev, der alte Detlev. Sobald irgendwo ein winziges erotisches Irrlicht zu flackern anfing, entdeckte er die Mutter in sich.

Larry sah ihm in die Augen und nahm Detlevs Hände in seine. Er schüttelte lächelnd den Kopf, während er sie drückte. »That's okay. Er ist vermutlich mit HaJott unterwegs. Der muß doch sehen, wie er kriegt seine Tournee wieder flott. Und der wird ihn nicht aus den Augen lassen.«

Ein lamagesichtiger junger Mann, dessen bloße Füße in Lackslippern, dessen sehr runder Hintern in einer silbergrauen Beutelhose und dessen haarloser nackter Oberkörper in einer blausilbern gestreiften Weste steckten, nahm die Bestellungen auf. Roboldt grübelte. Ob er Larry weiter ausfragen sollte?

Larry steckte sich eine Zigarette an und beobachtete ihn. Nach einer langen Pause sagte er: »Detlev, listen. Wir haben zwei Möglichkeiten. Wir können uns in Ruhe erzählen, was wir haben die letzten drei Jahre gemacht. Oder du bist scharf auf der kleine hooker, und dann du mußt dich auf der Suche machen. Aber allein.«

Roboldt schrak zusammen. »Es gibt noch eine dritte!«

»I see«, sagte Larry und stocherte in einem Häufchen Leberwurst zwischen zwei Blättchen Feldsalat auf einem Riesenteller herum. »Auch für ein Verhör wir hätten nicht hier hergehen müssen.«

Roboldt zuckte die Achseln. »Larry, das ist kein Verhör. Es ist nur – Sascha hatte gestern abend verdammt die Hosen voll, und Wielack ist nicht der Typ, dem ich auch nur einen Topfkratzer abkaufen würde. Ich muß wissen, was dahintersteckt. Und du kennst sie beide.«

»Okay.« Larry schob den Teller weg. »Go ahead.«

»Seit wann arbeitest du für Wielack?«

»Fast zwei Jahre. Aber mit Pausen. Ich kannte ihn schon, als er hatte mit Musik noch gar nichts zu tun. Er hatte eine Videofirma, und er wollte ganz groß einsteigen ins Kabelgeschäft.«

»Und?«

Larry grinste. »HaJott will immer ganz groß einsteigen. Hält sich für einen genialen organizer. Leider haben die Leute, die sollten das Kabelgeschäft sponsorn, ihre Millionen dann jemand anders in den Arsch gesteckt. Da hat er zum ersten Mal pleitegemacht.«

»Also hat er Schulden.«

»Wait a second. Klar hat er Schulden. Aber such einen in der Plastikbranche, der hat keine Schulden. HaJott hat seine Mutter angezapft.«

»Reiche Eltern also«, sagte Roboldt gereizt.

»Not at all«, fuhr Larry fort. »Kleine Leute. Der Vater ist lange tot. Oder abgehauen. I don't know. Die Mutter ist so ein seltsame Künstlerin, wie sagt ihr hier? Die dreht jeden Pfennig dreimal um? Anyway, sie hatte irgendwo ein paar Mark liegen.«

»Und damit hat er seine Schulden bezahlt?«

»Don't be ridiculous«, lachte Larry. »Damit hat er eine Künstler- und Konzertagentur aufgezogen. Sollte auch wieder ganz groß einschlagen. Das lief auch, eine Zeitlang. Es war das ideale Timing. Diese neuen Wilden hatten gerade abgeräumt.«

Roboldt sah Larry fragend an.

»Die Maler, you must know that! Das ist doch dick in die Presse gewesen, Detlev. Ein paar frustrierte Maler haben damals den Pinsel-Fandango erfunden und –«.

Noch größere Teller mit noch übersichtlicheren, aber hübsch bunt dekorierten Eßhäppchen wurden auf den Tisch gestellt, und Detlev Roboldt wußte nicht, ob er darüber oder über Larrys Freistil-Feuilletons lachen mußte.

»Yeah! Du nimmst ein paar Töpfe Farbe, possibly ungemischt, und ein paar dicke Pinsel. Und dann du bewegst dich damit über die Leinwand. Deshalb die Bilder sind so groß. Die treffen so schlecht«, jetzt lachte Larry auch. »It's difficult, you know. Weil, gleichzeitig du mußt noch versuchen, dich gegen den Rhythmus von die Musik zu bewegen, die läuft dazu.«

Roboldt bedauerte einen Augenblick lang, die letzten drei Jahre nichts von Larry gehört zu haben. Dann wurde er wieder ernst.

»Detlev – die haben die Bilder für Zehntausende verkauft! Dollars! Und zur selben Zeit ein paar Leute in der Musikszene haben etwas Ähnliches angefangen. Und er hat da zugeschlagen.«

»Wielack«, sagte Roboldt.

»Nein, euer Senator für Kunst und sonstwas. Da er hat sofort investiert. Er wollte nicht schon wieder ein Zug verpassen, der Arme.«

»Und Wielack hat von diesen Investitionen gelebt?«

»Klar. Hat sich einen Stall von Künstlern aufgebaut. Aber die meisten sind nach kurzer Zeit wieder weg. Richtig losgelegt haben nur die BTMs.«

»Die vier Mädchen, die gestern abend... Sag mal, Larry, wo gibt's denn diese Taschentücher?«

Larry grinste. »I knew, you'd like them! Anyway, die BTMs waren die falsche Besetzung für HaJott. Die sind wirklich gut. Nicht nur gut, super.«

»Und wieso war das trotzdem eine Pleite?«

»Weil sie sind zu gut und weil HaJott hat von Musik keine Ahnung. Der will die schnelle Mark abzocken, irgendeine Trend, you know? Genau das, was er mit Röhm gerade wieder anfängt. Trendsetten, absahnen und weiter.«

»Und alles mit Senatsgeldern?«

»Im Gegenteil. Beim Senat er hat die dicksten Schulden. Wegen dem Flop mit BMTs. Deshalb er darf ja nix verdienen.«

Detlev hatte Mühe zu folgen. Dabei war es ganz einfach. Hans-Jürgen Wielack, der früher mit der Chefetage von Unterhaltungskonzernen wie der CES auf Spesen getafelt hatte, und nur vom Feinsten, war jetzt ein angestelltes kleines Licht bei eben jener CES. Eine Art besserer Bürobote für Vera W. Jansen, die Chefin der Public-Relations-Abteilung, mit einem winzigen Pro-Forma-Gehalt.

»Das muß doch peinlich sein?«

»Of course«, sagte Larry ernst. »Es ist entwürdigend. Wenn man *hat* eine Würde.« Er zündete sich wieder eine Zigarette an und fand, daß sie jetzt ein ordinäres Bier bestellen sollten. »He doesn't, Detlev. Für ihn das ist nur die Operationsbasis. Die CES macht die Promotion für Röhm, soweit er hat schon geschafft. Seine Chefin persönlich muß für sein Produkt arbeiten, verstehst du? Hast du Vera kennengelernt? She's great, in allem. Aber für einen Mann wie HaJott ein rotes Tuch.«

Roboldt entschied sich für einen ordinären Schnaps, als das blasierte Lama mit dem silber-blau-gestreiften Brustkorb erschien, um widerwillig Larrys Bierwunsch entgegenzunehmen. Das gab trotzdem alles keinen richtigen Sinn. Sascha alias Röhm sollte

Wielack gesundstoßen. Gut. Auf allen möglichen Ebenen. Auch gut. Aber wieso war diese Journalistin tot? Und wieso ausgerechnet gestern abend? Und wieso hatte Sascha Schiß? Und wie finanzierte dieser ewige große Einsteiger seinen Lebensstil oder zumindest seine teuren Klamotten?

»Nobody knows that«, sagte Larry knapp.

»Vielleicht hat er doch irgendwo einen Mäzen?« überlegte Roboldt.

»Der ihm bezahlt auch seine Sex-Life?« fragte Larry giftig.

Wieder sah Roboldt ihn neugierig an.

»Er rennt dauernd zu Nutten«, sagte Larry. »Du hast ihn doch nicht für einen von uns gehalten, Detlev?«

Irgendwie hatte er wohl. Eigentlich hatte er noch gar nicht darüber nachgedacht.

»Für meinen Geschmack er ist homophobia incorporated. Auch wenn er macht neuerdings dauernd in der Subkultur rum. Ich kenne keinen, der ihm würde zutrauen, schwul zu sein.«

Das Bier und der Schnaps kamen.

»About your – Sascha«, sagte Larry, während er sich den Schaum aus dem Schnauzer wischte, »da weißt du bestimmt mehr als ich, Detlev. Außer Wielack hat keiner von uns Drähte zu ihm. HaJott behandelt ihn wie seine – wie hieß das Ding? V 2, right?«

»Okay«, beschloß Roboldt. »Laß uns aufhören. Du hast mir schon sehr geholfen, Larry.«

»Fuck you!« grinste Larry. »Ich besorg dir die verdammten BTM-Tücher. Und du besorgst dir Röhm. But beware of that little hooker.«

ER SCHIEN NOCH GESCHLAFEN ZU HABEN. Wie alle normalen Leute an einem Sonnabend morgen. Dessauer, hatte er gesagt, gleich neben dem Potsdamer Platz. Lietze trat aus der Telefonkabine und fragte den dünnen alten Mann nach einem Stadtplan.

»Dessauer?« sagte er. »Das sind drei Minuten zu Fuß. Sie gehen aus dem Hotel, dann gleich links die Linkstraße hoch, rechts um den Flohmarkt herum und in die alte Bernburger. Die gehen Sie geradeaus, lassen den Potsdamer Platz links liegen. Die zweite rechts und links ist die Dessauer.«

Sie beschloß, das Auto in der Tiergartenstraße stehenzulassen und wirklich zu Fuß zu gehen. An der Stelle, wo sie diesen Platz links liegen lassen sollte, standen lediglich Hunderte von Autos kreuz und quer. Dahinter zog sich im Zickzackkurs die Mauer entlang, und ordentlich aufgereihte Busse standen vor ein paar Devotionalienbaracken. Er schien eine Menge Leute anzuziehen, dieser »Platz«. Sie würde ihn danach fragen müssen. Das heißt, wie sollte sie ihn überhaupt anreden? Mit du etwa?

»Tach, ich bin Annette«, erklärte eine drahtige Brünette, die barfuß und in einem ziemlich großen Herrenunterhemd in der Tür stand. »Und du?«

»Äh – Karin. Ja, ich bin mit Klaus verabredet. Ist das hier richtig?«

»Klar. Welchen will'ste denn? Jalta oder – ach nee, Mücke is ja gar nich da.«

Lietze sah sie etwas hilflos an. Woher sollte sie wissen, wie Klaus mit Nachnamen hieß. Aber Annette hatte das Thema schon längst vergessen. »Du bist vom Fernsehen, wa? Jalta is nemmich schon seit zwanzig Minuten im Bad, und das kommt nich oft vor.«

Beim Wort Jalta war die Badezimmertür aufgeflogen, und herauskam eine dichte Rasierwasserwolke. Gleich danach erschien auch Klaus-Jalta. »Kümmer dich um deinen Kram, Annette. Das ist mein Besuch!«

Annette zwinkerte Lietze zu. »Tja, ich wollte Karin gerade einen Erpresso anbieten, damit endlich mal jemand deinen Film kauft. Jetzt mußte dir eben einen von Jalta machen lassen, Karin.« Dann verschwand sie hinter einer Tür und knallte sie zu.

Klaus ging vor in die Küche. »Karin, so so«, fing er an. »Wem darf ich jetzt 'nen Espresso machen, dir, Karin, oder Ihnen, Madame? Oder soll ich 'ne Geschlechtsumwandlung beantragen?«

Lietze lehnte sich an einen Tisch, an dem mindestens zwölf Personen weitschweifig essen konnten. »Wenn Sie sich das Madame gar nicht erst angewöhnen könnten, wäre ich sehr dankbar. Im übrigen nimmt Karin gern einen Espresso.«

Sie beobachtete ihn. Er hatte sich richtig herausgeputzt, die Haare waren zwar noch naß, und das gestreifte Hemd, das er anhatte, war nicht gebügelt, aber immerhin frisch. Und er hatte die Ärmel bis über die Ellenbogen aufgekrempelt, was seine sehnigen Unterarme mit der braunen Haut und den vielen dunklen Haaren besonders gut zur Geltung brachte. Seine Schenkel fielen ihr wieder ein, überhaupt die Haut.

Er wich ihren Blicken aus und machte sich an einer kleinen Aluminiumkanne zu schaffen. Schraubte sie auf, wusch sie aus, füllte den unteren Teil mit Wasser, dann den Einsatz mit Kaffee und schraubte den oberen Teil wieder drauf. Er stellte sie auf die Flamme und suchte zwei kleine braun-weiße Tassen aus dem Regal.

Lietze sah sich um. Sie kannte zwei, drei Wohngemeinschaftsküchen, dienstlich, und die hatten zwei Millimeter dicke Klebeschichten auf allen Oberflächen gehabt. Sie legte unauffällig ihre rechte Hand auf den Tisch, aber diesmal blieb sie nicht kleben.

Klaus hatte die Tassen neben den Herd gestellt und drehte sich zu ihr. »Also gut. Klaus Jaluschewski, Deckname Jalta, geboren 15. 11. 56 Westberlin, zur Zeit mit festem Wohnsitz in –«.

»Was soll das?«

»Das ist doch euer Jargon oder?«

Na, dann gute Nacht, Lietze. Wer weiß, wozu's gut ist, wenn das Ende schon vor dem Anfang kommt.

»Ich bin schon angepißt worden, weil ich mich mit 'ner Bullin abgebe.«

Ach Gottchen, du Ärmster, giftete Lietze in sich hinein. Was glaubst du kleiner Bengel eigentlich, wer *mich* alles anpißt, wenn rauskommt, daß ich Affären mit Chaoten habe! »Bulle, bitte!« sagte sie laut und kalt. »Und übrigens, von *mir* weiß das niemand. Aber wenn Sie unbedingt damit hausierengehen müssen, dann ist das Ihr Bier!«

Hausbesetzer womöglich! Warum mußte er auch verdammt nochmal hübscher sein als alles, was ihr bisher über den Weg gelaufen war und sich mit ihrer Position hätte vereinbaren lassen! Ach, werd nicht weinerlich, Lietze. Woher willst du wissen, daß er Häuser besetzt! Und wenn schon. Warum machst du *dein* Bier draus?

Klaus biß sich auf die Lippe. »Nein, Moment. Das war ein blöder Zufall. Ich war gestern abend noch unterwegs, also eigentlich wollte ich noch arbeiten gehen – hähä, sublimieren, nicht?«

Lietze hörte nicht hin. Sie sah nur resigniert an ihm entlang und versuchte, sich den Geschmack wieder abzugewöhnen, auf den sie gestern abend endlich gekommen war, kurz bevor das verdammte Telefon geklingelt hatte.

Klaus gab einen detaillierten Bericht über sämtliche seiner Schritte zwischen kurz vor zehn, als er aus ihrem Auto gestiegen war, und kurz vor Mitternacht, als er ihr Geheimnis gelüftet bekommen hatte. »...und die Betty von den BTMs hat mich sofort gesehen und...«

BTMs? Die vier Küken mit den grellen Haaren, die sie nach

Hause geschickt hatten, weil sie als Zeuginnen nicht in Frage kamen? Er kannte sie? Kam er ihr jetzt etwa auch noch dienstlich ins Gehege?

»Na logo, ich misch doch deren Clip. Betty und Biggi wohnen hier. Ich kenn die ganze Mischpoke«, erklärte Klaus stolz, während er das Gas abdrehte, die Täßchen vollgoß und damit zum Tisch kam. »Ich hab sie nach 'ner Ärztin gefragt, naja, und dann habe ich Sie beschrieben, und...«, er zögerte. »Ich steh nich auf Bullen. Familientradition.«

Lietze mußte grinsen. Die Ärztin hatte er sich selber eingebrockt. Sie gönnte ihm, daß er dafür eins auf die Nase bekommen hatte. »Das ist auch gesünder, Bullen neigen bekanntlich zum Ausschlagen.«

Klaus sah zu, wie sie in ihrem Kaffee rührte. Sie schien überhaupt keine Probleme mit dieser ganzen Sache zu haben. Oder hatte sie einfach nur die bessere Deckung? War das der Typ Spitzel, den die Bullen angeblich auf die Szene schickten? Andererseits – wann kriegte man schon mal eine ausgewachsene B-, nee, Bullin klang wirklich daneben. Wie nennt man die denn? Polizistin? Äh! Inspektorin? Klingt nach Post. Kommissarin?

»Und wieso waren Sie gestern abend nicht bei der Party, wenn Sie die Szene so gut kennen?«

Ach, scheiß doch der Hund drauf. Die Alte war cool. Die war doch echt stark. Konnte man sich doch mal genauer ankucken. Er suchte sein bezauberndstes Timbre zusammen. »Weil ich zur Tatzeit mit einer Super-Braut im Bett gelegen habe und dafür die glaubwürdigste Zeugin aller Zeiten habe«, gurrte er.

Er langte mit den Armen über den Tisch, um ihren Kopf in die Hände zu nehmen. Aber im selben Moment beugte sich Lietzes Kopf seitwärts nach unten, sie suchte in ihrer Manteltasche herum. Während sie die Packung *Lucky Luciano* auf den Tisch legte und zum Herd ging, um die Streichhölzer zu holen, strich er sich mit den unterbeschäftigten Händen durch die Haare. Sie lächelte ihn an und versuchte, irgendeine Beziehung zu dem Bild einer Braut herzustellen.

»Erzählen Sie, was Sie machen – außer Liebesfilme entwerfen!«

»Jetzt gerade sitze ich mit der eben erwähnten Super-Braut am Tisch einer gewöhnlichen Wohngemeinschaft und trinke einen Espresso und suche eine Antwort auf eine Frage«, schmeichelte er weiter. Von irgendwoher tauchte wieder ein Säugling in seinem Gesicht auf.

»Vielleicht kann ich Ihnen helfen – mal angenommen, es geht nicht gegen Ihre Ehre, sich von Bullen helfen zu lassen.«

Ach Quatsch, Bullen. Er war scharf auf sie. Und ihre Coolness machte ihn nur noch schärfer. »Karin, wir könnten uns unauffällig in mein Zimmer zurückziehen oder ganz schnell das Haus verlassen.«

»Haben Sie Angst, Klaus?«

»Nee«, erwiderte er überrascht, »wieso? Ich muß bloß um zwölf arbeiten gehen, und ich habe keinen Bock, schon wieder mittendrin aufzuhören.« Er sah sie an.

»Gut«, sagte Lietze, »ich mache Ihnen einen Vorschlag. Zeigen Sie mir den Potsdamer Platz!«

»HAST DU GESCHNALLT, worum's da geht? Diese Singout-Amazone bringt das Hohelied auf Frauen im allgemeinen und in der Musikszene im besonderen. Und die BTMs haben sie auch eingeladen. Und du wirst mitsingen, kapiert! Du wirst erzählen, wie nett du dich mit dieser Titty da unterhalten hast. Ich habe keinen Bock, mein Comeback als der große Frauenfresser einzuläuten. Geht das rein in dein Spatzenhirn?«

Sascha schlich hinter Wielack her durch das Foyer des SWB. Vielleicht sah es doch nicht schlecht aus? Die Vorbesprechung hatte dreierlei ergeben: Die PUZ-Sondersendung war live, und Wielack würde nicht dabei sein. Und was noch wichtiger war – Wielack schien ihn zu brauchen.

»Dat stimmt doch gar nich«, probierte er trotzig. »Genäävt hat se mich.«

»Da bist du nicht der einzige. Die hat jeden genervt. Und je freundlicher du von ihr redest, desto besser. Dasselbe gilt für diese verdammten BTMs. Laß dich nicht reinlegen von Messing. Der kriegt das hin mit seiner schleimscheißigen Tour, dich zu fragen, wieso ich die nicht mehr manage. Du weißt von nichts, verstanden? Das sind einfach Spitzenmusikerinnen, und man hat sich getrennt wegen verschiedener Konzeptionen. Klar?«

Sascha bekam Aufwind. Er konnte viel für Wielack tun. Und er konnte es genausо gut lassen.

»Und noch eins – versuch ja nicht, mich reinzulegen! Du steckst selber mit drin, und zwar bis zum Hals! Also, steig ein.«

Scheiße! Einen glücklichen Augenblick lang hatte er es vergessen gehabt. Wielack nicht. Wielack vergaß gar nichts.

Vera Jansen telefonierte gerade, als sie ihr Büro im Europacenter betraten. Die CES hatte den gesamten zwölften Stock gemietet, aber Wielack besaß kein eigenes Zimmer. Als Vera ihn und Richard Röhm sah, machte sie, ohne ihr Gespräch zu unterbrechen, eine Handbewegung, mit der man lästige Fliegen aus seiner Nähe scheucht. Wielack schob Sascha auf den Flur zurück, ließ aber die Tür einen Spalt offenstehen. Drinnen sagte Vera, »Augenblick mal«, knallte den Hörer auf die Tischplatte und kam zur Tür gerannt, um sie demonstrativ zuzuziehen.

Du kommst auch noch runter von deinem Podest, dachte Wielack und lief den Flur auf und ab.

»Hömma, Willy, wat muß ich denn gezz dabei sein? Dat könnt ihr doch unter euch ausmachen, wie dat weitergeht mitte Tournee«, quengelte Sascha.

»Du bleibst hier«, schnarrte Wielack, ohne ihn eines Blickes zu würdigen. Nach einer Viertelstunde ging die Tür auf.

»Wir können«, sagte Vera. »Bist du sicher, daß der Kleine dabei sein soll?«

Sascha warf ihr einen dankbaren Blick zu. Er verkroch sich sofort in einen Sessel und zwischen seine herabgezogenen Schultern. Wielack lief auch im Zimmer weiter hin und her. Vera nahm wieder hinter ihrem Schreibtisch Platz und wartete.

»Damit wir uns über eins klar sind, Vera«, bellte Wielack los, »es wird Zeit, daß du dir mir gegenüber einen anderen Ton angewöhnst. Röhm ist ein Pferdchen aus *meinem* Stall, die CES kriegt ihre Prozente für Promotion und Vertrieb und sonst gar nichts! Und da du gestern abend – ich weiß ja nicht, warum – deinen Job total aus den Augen verloren hast, habe ich heute nacht ein neues PR-Konzept entwickelt. Ich möchte nämlich nicht, daß die Tour auch gestorben ist, bevor sie überhaupt angefangen hat.«

Vera musterte ihn geringschätzig. Sie hatte gestern abend alle Hände voll damit zu tun gehabt, diese Dilettantenband wieder heranzuschaffen, damit sie wenigstens ihre Lederleiber in die Gegend hielten, wenn sie schon die Instrumente nicht richtig halten konnten. Und der Rest des Abends war unter der Regie der Mordkommission abgewickelt worden. »Du bist erstaunlich schnell. Dann schieß mal los.«

»Wir werden heute abend in diesem Frauenchor bei PUZ mitsingen –«.

»Wir?«

»Röhm. Ich werde nicht da sein können.«

»Ich glaube auch kaum, daß dir jemand einen Part in einem Frauenchor abnehmen würde«, sagte Vera spitz. »Und weiter?«

»Wenn sich die Branche beruhigt hat, kommen wir mit einem neuen Slogan. *Richard Röhm und die Kerle – der mordsmäßige neue Sound!*«

Vera sah ihn an. »Du schreckst wohl vor nichts zurück, was?«

»Komm du mir nicht mit Gefühlsduseleien. Dies ist ein Geschäft, und zwar meins. Und meine Jungs sind keine Betschwestern. Selbst wenn«, er warf einen giftigen Blick auf Sascha, der mit artig gefalteten Händen im Sessel kauerte, »unser kleiner Ritschie manchmal gewisse Allüren hat.«

Sascha zuckte zusammen und steckte die Hände in die Taschen seiner Lederjacke.

»Oder wäre es dir lieber, wenn wir ihn als mutmaßlichen Mörder interessant machen?«

»Warum schreibst du nicht gleich *Mörder-Musiker*? Das wär doch ein Mörder-Brüller.«

»Vera, ich warne dich. Es ist nicht nur mir bekannt, daß diese Titty nicht gerade deine liebste Freundin war. Du wirst mir ein paar Interviews besorgen, Fernsehen, Teenie-Presse und so weiter. Ich teste den Slogan da, und ich schwöre dir, er kommt gut!«

»Ist dir klar, daß du uns allen damit die KriPo auf die Hacken ziehst?«

Wielack war zum vierten Mal am Fenster angekommen, aber er sah auch diesmal nicht hinaus, sondern drehte sich mit gespreiztem Schwung um und reckte sich. »Du wirst es nicht für möglich halten, meine liebe Vera W. Jansen, aber ich habe mir auch darüber Gedanken gemacht. Ein Teil unserer Promotion wird darin bestehen, die Bullen auf die richtige Schiene zu setzen.« Er tupfte sich das Gesicht ab. »Und da gibt's einiges. Erstens wissen wir noch gar nicht, wieso diese kleine Krätze überhaupt abgedankt hat. Vielleicht hatte sie ein schwaches Herz, und das ist ihr endgültig gebrochen, weil unser Richard hier nicht mit ihr in die Heia wollte. Zweitens war sie unbeliebt, also – wer hat sie aus dem Weg geräumt? Ich habe mich ein bißchen umgehört, Vera. Du kämst in Frage, Messing auch, und so weiter. Drittens, es gibt eine Menge Leute, die mich unten halten wollen. Ich bin sicher, du hast den Alten dazu gebracht, mir diesen Scheißjob hier anzubieten. Weil du wußtest, daß ich keine Chance hatte, nach dem Flop mit den BTMs.« Er sah sie böse an.

Vera lächelte mitleidig zurück. »Tja, Wielack, altes Geheimnis. Mit Geld muß man umgehen können. Mit Frauen auch, übrigens.«

»Lenk doch nicht ab. Du bist neidisch, weil ich immer die besseren PR-Ideen hatte.«

»Unbestritten, Wielack«, Veras Stimme wurde eisig. »Mordsgute, wie man sieht. Daß du auch noch einen Vertrag zwischen den BTMs und *uns* total vermasselt hast, ist dir wohl entfallen.«

»Durchaus nicht, und damit sind sie auch im Visier, und das werden sie heute abend allen klarmachen, blöd wie die sind. Es wird dir nicht schwerfallen, an der richtigen Stelle den Verdacht zu lancieren, daß sie einen Racheakt gegen mich geplant haben könnten. Dafür wirst du deine ganze Seriosität aufbieten, stimmt's?«

»Ein bißchen unlogisch nicht? Sie hätten dein Pferdchen umgelegt, aber nicht Béatrice Bitterlich.«

Wer genau hinsah, konnte erkennen, wie Sascha die Ohren spitzte. Aber weder Vera noch Wielack sahen genau hin.

»Vielleicht hatten sie das ja vor, und vielleicht sind sie auch dazu zu blöd gewesen. Und es hat die Falsche erwischt.«

Vera sah Wielack eindringlich an, aber bevor sie etwas sagen konnte, sprang Sascha auf. Wielack packte ihn am Arm, als er zur Tür laufen wollte. »Wo willst du hin?«

»Auf Klo oder darf ich dat auch nich?«

Wielack ließ los.

»Das ist eine hochinteressante Theorie, die du dir da zurechtgereimt hast, Wielack«, fing Vera an, als Sascha verschwunden war. »Ich werde darüber nachdenken.«

AUCH AN DEM ANDEREN GALGEN null. Jalta fluchte. Irgendwo mußte dieser gottverdammte Vorgänger doch dieses gottverdammte Ende vom Studio-Take gelassen haben! So bescheuert konnte doch keiner sein, daß er Ausschnitte wegschmiß, bevor der ganze Film zu Ende montiert war!

Fickt euch doch alle ins Knie, verdammte Scheiße. Horror Horror Horror, das ganze beschissene Projekt. Mist-Clip, wird nie was draus. Drei verschiedene Kameraleute, jeder hat mal dran rumgeschnippelt. Kannst froh sein, wenn das Geld für dein Honorar reicht, Jalta. Beteiligung, Quatsch. Wenn das Ding überhaupt fertig wird, und im Augenblick sah es nicht so aus. Ohne den anderen Käse aus dem Studio kannste alles vergessen.

Dieser elende Sülzkopf. Baut ne Mädchenband auf, und plötzlich läßt er sie fallen wie'n heißen Döner. Wielack! Wie Lack. Alles nur *wie.* »Glaubt« an Mädchenbands. Von wegen! Kaum rennt ihm ein Arsch übern Weg, schon polt er um. Kommt vom Glauben ab.

Jalta trat gegen den zweiten Galgen. Die BTMs wären nicht Biggy, Betty, Tanja und Micky aus Neukölln, wenn die den nicht drankriegten. Ein halbes Jahr hatten sie gebraucht, um über den ersten Schock wegzukommen. Jalta hatte es hautnah miterlebt, oder fast hautnah. Er wohnte schließlich mit fünfzig Prozent von ihnen zusammen. Tanja und Micky wohnten noch bei den Eltern. Offiziell. Die Bullen machen schnell Ärger, wenn du mit fünfzehn, sechzehn in der WG wohnst. Die Bullen. Karin. War Karin Bulle? Ach, Scheiße! Bei ihm zu Hause würden sie sagen: »Mit der kannste Pferde stehlen!« Aber was wußten die BTMs vom Pferdestehlen? Mit der kannste Auto knacken. Na, das wohl gerade nicht. Aber trotzdem.

Sie würde ihnen gefallen. Sie *mußte* ihnen gefallen. Er ging ans Telefon, nahm ab, stockte und legte wieder auf. Er lief im Schneideraum herum, aber er fand kein einziges Telefonbuch, nicht einmal ein Branchenverzeichnis. Er ging nach oben zum Pförtner. Zwei Lietzes ohne Vornamen und Adresse. Vier andere mit falschen. Er schrieb zwei Nummern auf.

Draußen vor der Tür schien die Sonne. Er trat auf die Straße. Starrte auf das Gewimmel in ein paar hundert Metern Entfernung. Hielt beide Daumen und Zeigefinger zu einem Viereck zusammengelegt vor das rechte Auge und kniff das linke zu. Totale von hier aus. Ganz langsamer Zoom. Stimme aus dem Off. Stimmungsbild aus dem *Haus Vaterland*, altes Material. *Willkommen, Bienvenu, Welcome* unterlegt, ganz leise. Schließlich in Großaufnahme »Made in Germany«. In Sütterlin. Oder Fraktur. Und Vorspann. Ein Film von Klaus Jaluschewski. Oder Jalta?

Es war nur eine Frage des Geldes. Er ließ die Hände sinken und kickte mit dem Fuß eine leere Bierdose, die auf der Straße lag, in Richtung Potsdamer Platz. Dann ging er wieder hinein.

Unten im Schneideraum probierte er die erste Telefonnummer. Nichts. Die zweite. Eine Stimme, die er kannte. Ihre Stimme. Aber vom Band. Auch gut. Er hatte Sehnsucht.

Pferdestehlen.

Als sie erst einmal gecheckt hatten, wo Wielack die abgedrehten Rollen bunkerte, war alles ganz schnell gegangen. Das einzige Problem war ein Auto. Das ließ sich beschaffen. In zehn Minuten waren sie wieder weggewesen aus der Leonhardtstraße. Es war ein

Montag, denn montags war die Putzfrau da. Die kannte die BTMs. Es war Jaltas Idee gewesen, die Kamera auch gleich mitzunehmen. Eine 16 mm-Kamera konnte man immer gebrauchen. Auch wenn sie nicht die beste war. Und Wielack würde nichts unternehmen. Wielack würde sich schwer hüten. Denn wenn... Keiner hat Lust einzufahren. Oder mit so einer Story in die Presse zu kommen. HaJott *hatte* etwas zu verlieren. Micky nicht. Micky war fünfzehn, und damals war sie vierzehn gewesen.

Außerdem hatte Wielack mit Sicherheit die Kamera nie angegeben, wenn der Mann mit dem Kuckuck gekommen war.

Klaus hatte weitergedreht, wenn die BTMs wieder einmal ein paar Mäuse für Filmmaterial zusammenhatten. War ein geiles Gefühl gewesen, mit der eigenen Kamera. Naja, nicht ganz. Aber er durfte sie benutzen. Wer sonst?

Ein paar Takes auf dem Holztreppchen hinter den Andenkenbaracken, bei Sonnenaufgang, ohne Touristen. Der Osten ist rot. Ein paar Schwenks über das Niemandsland zwischen zwei Mauern. Weichzeichner. Glasnost. Ein paar Runden durch Harrys Autodrom, bevor es dichtgemacht wurde, weil ein Transi, der für ein Pfund Leute Auto fahren ließ, die keinen Führerschein hatten, nicht neben die ausgegrabenen Folterkeller paßte. Eine Kamerafahrt über die Schlaglöcher und Grashöcker dicht an der Graffiti-Schleife entlang. Da, wo früher das *Tempodrom* gestanden hatte.

Und wie sollen wir diesen Scheißclip fertig kriegen? Noch einen Studiotermin kann doch kein Mensch bezahlen. Aber daß sie wirklich gute Musik machen, muß doch rüberkommen. Jalta starrte durch den Raum. Im Regal lagen zwei Dosen mit ausgemusterten Einstellungen. Vielleicht gab es wenigstens einen holperigen Anschluß. Er legte die erste Rolle ein und ließ sie durchlaufen. Null. Nur fünf-, sechsmal derselbe mißratene Take. Draußen. »Studio!« flehte er. Aber Studio kam nicht. Er spulte die Rolle zurück. Auf der zweiten war das, was Wielack unter Privatleben verstand. Jumän tatsch. Jalta verzerrte die Mundwinkel. Vier buntköpfige Schwestern in T-Shirts mit Mauergraffiti und schwarz-weiß-gewürfelten Boxer-Shorts bei Muttern in der Küche. Ein Gruselfilm. Dabei war Mutter Conny völlig in Ordnung. Schwer in Ordnung. Hatte überhaupt nichts von dieser austauscharmen Wetterlage, die Wielack für typisch Neuköllner Familienleben hielt. Im Gegenteil!

Jalta schoß in seinem Drehstuhl hoch. Das Material war plötzlich anders. Sehr körnig. Er riß den Drehknopf auf Normalgeschwindigkeit zurück. Was war das denn für ein Bett? Er drehte noch langsamer. Irgendein schmales junges Wesen, dessen Geschlecht sich noch nicht eindeutig erkennen ließ, wälzte sich mit einem dicklichen älteren Mann zwischen ein paar blaugrünstichigen Laken herum. Der Ältere schien auf seine Kosten zu kommen. Er war jetzt sehr gut zu erkennen. Falls man ihn kannte. Graumelierter Würdenträgerdurchschnitt. Diese Herren mit den durchtrainierten Gesichtszügen und den unglücklichen Leibern. Und immer noch lag die andere Figur auf dem Bauch. Amateurfilm. Keine Ahnung von Licht. Starre Kamera. Ätzend. Eh – das ist doch –!

Jalta fuhr zurück und dann langsam wieder vor. Er hielt das Bild an, versuchte, die Schärfe nachzuregeln.

»LIETZE. Guten Tag, Nicole –«.

»Tach. Papa ist beim Abwasch. Und dann muß er mit uns spazierengehen. Das hat er versprochen!«

Lietze lachte ins Telefon. »Kannst du ihn mir trotzdem an den Apparat holen?«

Sublimieren, hatte Klaus gesagt. Ein jeglicher an seinem jeglichen Platz. Ihr Platz war hier. In Kommission. In der Keithstraße. Sie betastete ihre Nase. Der Pickel schien weg zu sein. Oder nach innen gewachsen. Der linke Nasenflügel tuckerte.

»Fritz. Tag, Lietze. Doch Einsatz?«

»Nein, nein. Gehen Sie ruhig spazieren, bevor Ihre reizenden kleinen Brüllwürfel sich abgewöhnen, mir guten Tag zu sagen. Ich wollte nur hören, ob es gestern in der Gerichtsmedizin noch irgend etwas gegeben hat, was meine Nase beruhigt.«

»Sie haben sie auf Eis gelegt. War ja nichts Dringendes. Die sind vollauf mit den Frohnauer Brandopfern beschäftigt.«

»Sonst gar nichts?«

»Nöö. Einstiche hat sie, an beiden Oberschenkeln. Aber ziemlich sicher keine Drogen. Ganz feine Nadeln. Sind Sie im Büro?«

»Ja.«

»Und die anderen?«

»Wielack hat versprochen, um halb vier hier zu sein. Schade kommt. Roboldt kümmert sich um Wielacks Hinterland.«

Fritz seufzte erleichtert auf. Er würde auch spätestens um vier wieder zu Hause sein. Ob ihre Nase das aushielt oder ob er zwischendurch anrufen sollte.

»Um Himmelswillen, Fritz. Vielleicht ist es nur Heuschnupfen.«

»Im September?« Fritz rechnete weiter mit dem Schlimmsten. Leichen am Freitag abend...

Lietze berichtete kurz über ihre nächsten Schritte und legte auf. Sie stellte sich vor, wie Familie Fritz komplett in Jogger-Montur durch die Lichterfelder Prärie sprang. Vater Fritz mit Baseball-Mütze; er erschien damit gelegentlich zum Training. Es war jedesmal ein Lacherfolg. Beate bestimmt mit dem praktischen Pferdeschwanz und immer darauf bedacht, ordentlich Bewegung zu machen. Auch aus praktischen Gründen – Kinder schlafen besser, wenn sie sich müde getobt haben. Nicole und Jennifer vermutlich in Signalgelb oder Bonbongrün und mindestens mit einem Original-Boris-Becker-Schweißband um den Kopf. Und Jenny hatte vermutlich nichts Aufregenderes zu tun, unter jedem Gebüsch zu schnüffeln und zu schnarren, um endlich auch mal eine Leiche zu entdecken. Lietze schreckte auf. Sie griff zum Hörer.

Nach mehreren Kreuz-und-Quer-Gesprächen hatte sie den zuständigen Frankfurter Beamten. Die Entschuldigungsfloskeln gingen ihr glatt über die Lippen. Routine. In Wirklichkeit war es ihr durchaus nicht peinlich, daß gestern nacht kein Mensch daran gedacht hatte, Béatrice Bitterlichs eventuelle Angehörige ausfindig zu machen und zu benachrichtigen. Es war sogar vorteilhaft. »Krankheiten wären interessant, Herr Kollege. Das Umfeld auch. Aber bitte diskret. Noch wissen wir gar nicht, ob es sich wirklich um Mord handelt.«

Herr Kollege hatte zwei Anwärter in der Schicht, also Zeit. Er würde sofort zurückrufen. Béatrices Eltern wohnten zwei Straßenbahnhaltestellen weiter. Mit dem Dienstwagen vier Minuten. Falls die Eltern nicht zu Hause waren, würde sie das innerhalb der nächsten Viertelstunde wissen. Wenn sie aber da waren, hatte sie schätzungsweise eine Stunde Zeit, bevor hoffentlich Wielack und mit Sicherheit Schade eintrafen. Sie konnte in Ruhe ihren Kopf aufräumen. Bei einer anständigen Tasse Kaffee und einer anständigen Zigarre. Für solche Anlässe hatte sie eine kleine Kiste im Schreibtisch, zwischen Streichhölzern, Notizblocks und der Dienstpistole. Sie wurde von Zeit zu Zeit aufgefüllt, aber seit Jahren nicht mehr von ihr. »Wenn Sie der Meinung sind, Sie müßten mir unbedingt etwas mitbringen, dann greifen Sie das nächste Mal zu Zigarren!« hatte sie ihrer Umgebung beigebracht. Sie haßte Blumen in Dienstzimmern. Für Topfpflanzen hatte sie ohnehin kein Talent, und Blumensträuße verstellten bloß den

Blick. Außerdem neigten Blumenvasen zum Umkippen, und braunes fauliges Wasser auf Vernehmungsprotokollen und in Feuerzeugen war etwas, das einen nur unnütz aufhielt. Sie zog die Schublade vor und klappte den Deckel der Holzkiste mit der Aufschrift *Virginioff* auf. Noch zwei drin. »Wird Zeit, daß mal wieder jemand Grund bekommt, etwas mitzubringen«, konstatierte sie und nahm die vorletzte Zigarre heraus. Sie zog sie unter der Nase entlang. Fehlte nur noch der – äh! Mimi war noch nicht da. Also kein Kaffee! Oder?

Sie ging ins Schreibzimmer. Da stand sie, die braune Höllenmaschine, die gewöhnlich ekelhaft vor sich hin gurgelte. Stumm, kalt und unhöflich lungerte die da rum. Das ist die Chance deines Lebens, Lietze! Sie ging näher heran. Da war ein Kippschalter. Ein rotes Lämpchen leuchtete auf, als sie ihn betätigte. Und die Maschine fing an zu knacken und zu brummen. Wie diese modernen Wecker. Die fangen auch ganz ganz leise an, kaum zu hören, aber es ist ein hinterhältiges Geräusch, das unmerklich immer lauter wird. Immer bohrender. Das *wurde* doch lauter! Dieses Gebrumme hier wurde lauter! Das war keine Einbildung. Aber warum gurgelte sie nicht? Lietze hätte ihre Zigarre drum gegeben, wenn die Kaffeemaschine endlich ganz normal gräßlich gegurgelt hätte! Sie hielt den Atem an und starrte auf das Gerät. Es roch auch komisch. Irgendwie verbrannt. Sie drückte den Kippschalter wieder in die andere Richtung und lief aus dem Schreibzimmer. Sie beobachtete die Maschine durch den Türspalt. Das Brummen ließ nach. Aber das Knacken nicht. Und der Geruch auch nicht.

Sie ging zum Telefon. »Mimi? Entschuldigung!«

»Karin? Was ist denn los?«

»Ach nichts, wahrscheinlich«, Lietze versuchte zu lachen. »Können Sie vielleicht doch schon früher kommen. Ich wollte bloß, ich meine – ich dachte, ich könnte mich in der Zwischenzeit mit der Höllenmaschine versöhnen. Aber sie brummt mich dauernd an.«

Mimi brach in Gelächter aus. Trotzdem tat es gut, ihre Stimme zu hören. Balsam. Sie erklärte jeden einzelnen Griff, aber Lietze hörte nicht zu. Sie hatte längst beschlossen, nie wieder Hand anzulegen.

»Also, jetzt kann ganz bestimmt nichts mehr passieren?« fragte sie zerstreut, als Mimi ihr klarzumachen versuchte, daß man zum Kaffeekochen Wasser braucht. Auch als Maschine.

Mimi gab auf. »Sind Sie sicher, daß ich nicht gleich kommen soll?«

»Nein, nein, Mimi. Ich werd's schon schaffen. Ich kann mir schließlich beim Wachmann unten in der Halle einen Kaffee holen gehen. Kommen Sie um kurz nach drei.«

Die Eltern Bitterlich schienen da zu sein. Sie lehnte sich zurück und atmete einmal tief durch. Der Wachmann-Kaffee kam nicht in Frage. Pulverlorke. Äh. Dann lieber nur die Zigarre. Sie nahm sie wieder in die Hand, suchte in der Schublade nach dem Schneider und schnitt einen Keil in ein Ende. Dann leckte sie einmal von oben bis unten an der *Virginioff* entlang und zündete sie an. Paffen, Lietze! Keine Lungenzüge. Du kennst das doch. Diese verdammte Spannung zwischen dem Fund eines toten Menschen und dem Augenblick, in dem es wirklich los ging. Nur gut, daß die meisten Leichen mehr redeten. Und deutlicher. Sie erzählten einem sofort, wie sie zustandegekommen waren. Kein Mensch schlug sich selbst einen tiefen Spalt in den Hinterkopf. Oder setzte sich einen Genickschuß. Oder stach sich zigmal in Bauch und Hals. Mordopfer sehen gewöhnlich grauenhaft aus. Aber sie reden.

Die Leiche von gestern abend hatte beunruhigend angenehm ausgesehen. Zu Lebzeiten hatte sie angeblich einen Haufen geredet. Jetzt nicht mehr. Gar nichts. Sie war so dezent, daß man nicht einmal sicher wußte, ob sie umgebracht worden war. Man mußte sie chemisch zum Reden bringen, aber das dauerte. Vor übermorgen abend keine Auskunft. Es sei denn, man brachte irgend jemand anderen zum Reden. Irgend jemand mußte die Sache beschleunigen. Kein Mensch hielt eine Nase aus, die ständig das gesamte Morsealphabet vorwärts und rückwärts herunterbetete. Aber zuallererst waren da noch ein paar Dinge zu klären, die mit Leichen nichts zu tun hatten. Eher mit deren Verhinderung.

Sie legte die *Virginioff* auf den Aschenbecherrand und zog das interne Telefonverzeichnis zu sich. Das würde mindestens einen Kasten Bier kosten, aber vor allem diplomatische Seiltänze.

Es klopfte, und die Tür flog auf. Ein kleiner dicker Uniformierter kurz vor der Pensionsgrenze mit einem Walkie-Talkie vor dem Bauch und einer dampfenden Tasse in der Hand trat ein. Lietze warf den Hörer auf die Gabel zurück. Mimi – Sie Aas! Ich bin doch kein Pflegefall!

»Ick soll Ihn' det bring', bevor Se Pelz uff de Ssunge ha'm«, sagte der kleine Dicke stolz.

»Mensch, Ritter. Das ist ja nett! Na – vielen Dank!«

»Nischt ssu danken, Frau – ähm – Lietze. Ick muß wieder runter. Bring' Se ma die Tasse eimfach vorbei, wenn Se jehn.«

Bevor er die Tür hinter sich zuzog, faßte er sich ein Herz. »Neechste Mal könn' Se det aber ruich selber sahng. Ick mach Ihn' jern een mit. Is doch Ehr'nsache. Hm, det riecht aber jut hier.« Er strahlte sie an.

Lietze überlegte. Ritter war ein Netter, einer von den wenigen, die nicht zehn Zentimeter größer werden, sobald sie eine Uniform anhaben. Er stand da und wartete, als ob er ein Autogramm haben wollte oder –. Ach so, klar! »Danke, Ritter. Versprochen. Kann ich mich revanchieren? Mit einer Zigarre?«

Als sie wieder allein war, schnupperte sie an dem Becher. Pulverkaffee. Mit viel Milch und Zucker ließ er sich vielleicht ertragen. Auf dem Weg zu dem kleinen Kühlschrank im Schreibzimmer überlegte sie ein paar geschickte Floskeln für die Bereitschaftskollegen, die sie danach anrufen würde. Sie goß die Hälfte Kaffee in eine Tasse und füllte den Becher mit Milch auf. Wieder am Tisch trank sie ein paar Schlucke, zündete die kaltgewordene und jetzt letzte *Virginioff* wieder an und nahm den Hörer ab.

»Lietze hier. Müller? Das ist ja ideal, daß ich Sie an die Strippe kriege«, sagte sie und lehnte sich paffend zurück. »Mit Ihnen kann ich das ja doch am besten ausbaldowern, nicht? Es geht um das Dienstjubiläum von Ihrem Chef. Wissen Sie, ich möchte ihm da gern auch eine Freude machen. Er hat wirklich viel für uns getan. Ohne ihn – ach, was sage ich! Ohne Ihre ganze Truppe da –. Na, kurz und gut? Was kann ich ihm denn mal schenken?«

Dann ließ sie zwischen den Zügen ein paarmal »Hmh« und »Ja, ja« hören und den Blick aus dem Fenster schweifen.

»Wirklich nur einen Kasten Bier? Ich finde das so phantasielos, Müller. Was trinkt er denn, wenn er mal was Stärkeres braucht? So. Cognac. Na, dann stelle ich aber wenigstens noch eine Flasche dazu. Das wird ja eine flüssige Angelegenheit. Wann, sagten Sie, steigt die Feier? Aha, Montag, ja. Planmäßig.«

Wieder hörte sie zu. Montag also war der Tag Z. In zwei Tagen. Ob sie das schafften?

»Sehr schön, Müller. Na, Sie werden das schon hinkriegen, mit *dem* Blutspiegel im Alkohol.« Lietze lachte wohlwollend. »Vielen Dank und – ich kann mich auf Ihre Verschwiegenheit verlassen, nicht? Nicht, daß Sie das an die große Glocke hängen, wir verstehen uns, ja?«

Sie legte auf. *Zwei* Flaschen Cognac, beschloß sie, für jedes Dienstjahrzehnt eins. Und am besten werde ich einen Satz Wassergläser zum Anstoßen mitnehmen. Das Klingeln des Telefons unterbrach ihre Vorfreude. Der Frankfurter Kollege. Die Eltern Bitterlich hatten sich vor Jahren entschieden, keine Tochter mehr zu haben, weil ihnen die, die sie hatten, nicht zusagte. Béatrice war nach Berlin gegangen, und da gehörte sie auch hin, fand vor allem Herr Bitterlich. In dieses »Sündenbabel«, wo es seiner Meinung nach nur »drogensüchtige Hausbesetzer« gab, die allesamt pervers wären und hoffentlich bald alle an AIDS zugrundegingen, und einen Haufen korrupter Politiker, aber jedenfalls keine anständigen Menschen, die anständig arbeiteten. »Gut, daß da schon 'ne Mauer drum ist!« hatte er gesagt.

Lietze grinste. Sonst würden Leute wie Bitterlich eine bauen. Sie dachte an Familie Fritz, die sicher längst wieder am Küchentisch saß und Karten spielte. Und an Klaus –. Naja. Arbeiten tat er immerhin. Und nicht zu knapp, wie es schien.

Allmählich fing sie an, sich wohler zu fühlen. Der Kaffee brachte den Kreislauf auf Trab. Béatrice hatte seit frühester Kindheit Diabetes gehabt, und Frau Bitterlich war sehr erleichtert gewesen, als ihre Tochter sich die Spritzen endlich selbst geben konnte. Herr Bitterlich wollte lieber gar nicht wissen, was sie sich damit alles spritzte. Lietze ging ins Schreibzimmer und suchte in Mimis Papierstapeln. Sie war so beschäftigt, daß sie die Kaffeemaschine keines Blickes würdigte.

Unter Messings Privatnummer meldete sich niemand. Bei der Nummer im Sender nahm eine Frau ab. Sie gab ihr eine dritte Nummer. Diesmal war er dran. Sie verabredeten sich für acht Uhr. »Hören Sie doch vorher die Sendung an«, empfahl Messing. »Dann lernen Sie Titty ein bißchen kennen.«

Lietze beschloß, heute abend ausnahmsweise mal Radio zu hören, und suchte ein kleines viereckiges Gerät aus der Tasche. Dann wählte sie ihre eigene Nummer, drückte das Gerät auf die

Sprechmuschel und klemmte den Hörer zwischen Ohr und Schulter. Mit der rechten Hand notierte sie zwei Anrufe. Beim dritten wäre ihr fast der Hörer weggerutscht. Klaus! Er wollte nur gut gelaunt melden, daß er an sie dachte. Und sich entschuldigen für die »Bullin«. Und fragen, ob sie später abends vielleicht mit ihm in dieses *Abkommen* gehen wollte. Mut hat er ja, fand sie und war einen Augenblick lang betört. Aber nach dem nächsten Piep hatte der Dienst sie wieder im Griff. Roboldt gab einen kurzen Bericht über sein Gespräch mit dem amerikanischen Freund und bat um Rückruf. Meine Schule, stellte sie befriedigt fest und kniff ein paarmal ihren linken Nasenflügel. Wenn der erstmal in meinem Alter ist… Aber Roboldt war nicht zu Hause. Vielleicht handelt er ja auch nicht seiner Nase nach, überlegte sie weiter. Auf jeden Fall müssen wir uns für seine Nase eine andere Marotte ausdenken. Pickel stehen ihm nicht.

Sie stand auf, um den Becher auszuwaschen und ihn dem Wachmann zurückzubringen. Sie ging durch das Schreibzimmer und warf einen Routineblick auf die braune Plastikmaschine, die unauffällig schweigsam da stand. Keine halbe Stunde mehr, dachte sie erleichtert.

SOFORT NACH DEM HÜHNERFRIKASSEE verschwand Helga im Bad. Seit sie regelmäßig mindestens zweimal die Woche bei Kitty mitaß, hatte sie den Luxus von Badewannen entdeckt. Man mußte aufpassen, daß sie nicht drin einschlief. Meistens fuhr sie danach wieder raus. Dann stand sie mit den Mädels von der Nachtschicht etwas weiter oben auf der Tiergartenstraße. Kurz vor der Klingelhöferstraße, wo es etwas belebter war. Obwohl Helga keine Angst hatte. Sie lebte praktisch auf der Straße. Man hat keine Angst mehr, wenn man das überlebt hat, was Helga überlebt hatte.

Es war nur mühsam, im Dunkeln Autonummern und Uhrzeiten und manchmal auch Namen in ein kleines Heft zu kritzeln. Aber es deckte einen wesentlichen Teil der Lebenshaltungskosten. Die Kolleginnen revanchierten sich fürs Aufpassen mit Bratwurst und Pomm-Fritz, wenn der jeweilige Freier sich dazu herabließ, einen Bogen am *Auto-Imbiß* vorbeizufahren. Richtig gut genährt war sie allerdings erst, seit es die MIGRÄNE gab. Der Name war ihr spontan eingefallen, als Kitty vor ein paar Jahren aus dem Auto von einem Baubehördenfredie gestiegen war und getobt hatte. Er hatte ihr verraten, daß ›höheren Orts‹ geplant sei, die Tiergartenstraße zu ›säubern‹. »Na, weeßte! Det hältste doch im Kopp nich aus! Soll ick 'n Aspirin-Junkie werden oder wat!«

Kim war damals noch nicht da gewesen, aber Helga hatte auch gefunden, daß man dagegen, verdammt nochmal, was tun mußte. »Wir können doch 'n Verein aufmachen, mit die von de Nachtschicht. Und den nennen wir Migräne! Denn, wenn *wir* ma loslegen, denn krieng verschiedene andre Leute nemmich *verdammte* Koppschmerzen. Höhern Orts!«

Angefangen hatten sie damit, alle Kolleginnen zusammenzutrommeln, die sie kannten, egal ob sie noch aktiv waren oder nicht. Gemeinsam hatten sie sich über Freier verständigt, die ihnen helfen würden oder helfen mußten. Das hatte Spaß gemacht. Man bekam einfach einen anderen Umgang mit Behörden, wenn man gewohnt war, die höheren Ortsleiter in der Mittagspause oder abends betteln zu sehen, »janz kleen mit Hut und Kreppstohle«, und sogar Keile wollte so mancher haben. Es gab ein paar Kolleginnen, die konnten verdammt gut Keile austeilen, und die hatten Freier, die verdammt viel leiteten. Und nicht bloß in der Baubehörde.

Kim kam um Punkt halb sieben in den Hof gedonnert. Sie stellte die Enduro vor Kittys Küchenfenster ab und steckte den Kopf durch. Kitty stand am Spülbecken und ließ Wasser über Teller und Bestecke laufen. »Stell mal Radio an, Kitty. Da kommt wat über die Leiche von Karin!«

Sie hing den Helm an den Lenker und ging hinein. Sie steckte jetzt in einem leuchtend blauen Lederanzug: Röhrenhose und knappes Jäckchen mit üppig gepolsterten Schultern. Dazu weiße Stiefel und ein weißes T-Shirt, auf dem in grünen aufgebügelten Buchstaben stand: »Good girls go to heaven – bad girls go everywhere!«

»Is Werner hier?« fragte sie, während sie sich an den großen Küchentisch setzte und den Rest Hühnerfrikassee aus der Schüssel kratzte.

»Nee. Hinten. Mit seinem Sohn. Du weeßt doch, soviel Bräute uff'n Haufen, det vertragen die nich.«

Werner Zwoo war aus dem Alter raus, in dem man sich ungeniert auf jeden Schoß setzen und Streicheleinheiten kassieren kann. Außerdem hat man mit elf Wichtigeres im Kopf. Autos zum Beispiel.

Der ältere Werner hatte einen neuen Benz reingekriegt. Wenn er jetzt noch einen günstigen Austauschmotor... Er träumte von einem eigenen Schweißgerät, seit Jahren. Vielleicht klappte es damit. Falls Kitty nicht doch jetzt schon beschloß, daß er den Haushalt mitfinanzieren sollte. Sie hatte ihm die Werkstatt eingerichtet, als Altersversorgung. Für sich! Eigentlich wollte sie erst in ein paar Jahren darauf zurückkommen, wenn sie auf die Fünfzig zuging. Falls die Nierenkoliken nicht vorher wiederkamen.

»Ick hab nämlich heiße Meldungen«, erklärte Kim kauend und schob sich einen Finger voll Sauce in den Mund. »Ick hab zwee BTMs getroffen. Du, die janze Scene glaubt, die is ermordet wor'n, die Braut da jestern abend!«

Kitty drehte den Wasserhahn aus und trocknete die Hände ab.

Verkehrsmeldungen gab es nicht. Gleich nach den Programmhinweisen krachte ein Schlagzeug los, gefolgt von Baß und Saxophon, und dann kam eine kiebige Stimme, die irgend etwas Englisches krähte. Nicht ganz Kittys Geschmack. Kitty hatte nach Tamla Motown aufgehört, auf neue Musik zu achten. Die hatten alle keine Hüften und keine Ärsche, diese jungen Musiker von heute.

»Eh, das sind se!« kreischte Kim und sprang auf.

»Wer?« fragte Kitty.

»Die BTMs – die sind Spitze. Hör mal, unser Stück!«

Kitty gab sich Mühe. Der Refrain, den Günter Messing freundlicherweise nicht durch Anmerkungen versaute, kam dreimal hintereinander. »Fuck your ethics, I don't care, 'cause good girls go to heaven, but bad girls ev'rywhere…«

»Hörste?« kreischte Kim tanzend weiter und riß sich die Lederjacke auf. »Spitze, wa?«

Kitty verstand nicht, wie man nach diesem Maschinenrhythmus tanzen konnte, aber was Kim aufs Küchenparkett legte, sah gar nicht schlecht aus.

»Wo is'n Helga überhaupt?« keuchte Kim zwischen zwei Hopsern. »Doch nich uff Arbeit?«

»Nee, in der Badewanne.«

»Ach so.« Kim schnippte mit den Fingern im Takt und sagte ein paarmal »yeah!«. Plötzlich hörte sie auf und hängte sich an Kittys Arm. »Und weeßte wat? Dein Swimming-Pudel hat die früher jemänätscht! Aber denn hat er se abserviert, auf die Rohe. Wegen die kleene Dose, jenau wie du erzählt hast. Aber keen Mensch weiß, wo er die Kohle her hat, bis jetzt hat der mit dem nemmich noch keene Mark jemacht.«

Sie setzte sich wieder an den Tisch und steckte sich eine Zigarette an. Günter Messing sprach jetzt einführende Worte und stellte die Studiogäste vor. Ein Willy war nicht dabei.

»Vielleicht ham se den schon hochjenommen«, schlug Kitty vor. »Is ja aufrejend!«

»Schsch, hör ma auf zu klappern! Laß ma hören, wat die Braut will.« Kim sprang wieder auf und drehte das Radio lauter.

»Wat hat *die* denn an die Stimmbänder? Mach leiser!«

Kim drehte den Knopf wieder in die andere Richtung den Sender nachzuregeln, aber es hatte keinen Zweck. Die Stimme sirrte etwas von mitten aus dem blühenden Leben und einem Patriarchat, das sich seit Tausenden von Jahren an Schwestern vergriff. Wessen Schwestern das sein sollten, war nicht herauszubekommen, auch nicht, wo dieses Patriarchat überhaupt lag. Aber es hatte zumindest eine Fahne, denn die Stimme erklärte, daß darauf irgend etwas geschrieben stand. Kim und Kitty sahen sich an. »...daß Frauen nur etwas gelten, wenn sie sich entweder als Mütter oder als Huren benutzen lassen...«

»Hörst du auch immer wat von Geld?« fragte Kitty. »Ick gloob, da muß ich hin, da kann ick ja doppelt verdienen! Wo liegt 'n dette?«

»*Gelten*, Kitty!« überschrie Kim das Gesirre. »Die meint wat anderet. Und davon kriegt keen Mensch seine Blagen satt!«

»...sie nie mitgemacht, sie hat sich nie verkauft, wie das jetzt so Mode ist...«

»Blöd war se ooch noch«, konstatierte Kim.

»Ick wußte jar nich, daß Anschaffen jetze Mode ist.« Helga erschien in der Küchentür mit einem Badetuch um den Leib geschlungen. »Wer is'n die?«

»Irgendso'ne Pressetante«, sagte Kitty verächtlich.

»Welche Zeitung? Die wollen wir nich dabeihaben, wenn die so'n Zeug zusammensülzt!«

»Wochenspiegel ha'm se jesagt, glaub ich«, sagte Kim und drehte das Radio wieder lauter.

»Wer kümmert sich denn um den?« fragte Helga Kitty, während Kim das Ohr an den Apparat hielt.

»Manu oder Nadine«, überlegte Kitty. »Wir können se ja nachher fragen.«

Helga schlurfte wieder ins Badezimmer. Kim stand immer noch dicht neben dem Radio am Küchenschrank und platzte fast.

»...kluge Gesellschaftskritikerin, radikal und unbelehrbar –«, die Stimme stockte.

Kim und Kitty grinsten sich an.

Es folgte ein Sandhaufen, aus dem einzelne Körnchen wie beste Freundin und Aufregung und tragischer Todesfall herausfielen, und dann hatte sich die Stimme wieder in der Gewalt. »Béatrice war radikal und unbe*irr*bar...«

»So radikal kann se nicht jewesen sein, wenn se die Beene immer umsonst breitjemacht hat!« fand Kitty.

»Vielleicht hat se se immer zusammenjekniffen«, kicherte Kim.

Die Stimme lief wieder zu Hochform auf. »...eigentlich *ihr* das Schlußwort überlassen. Ich möchte einen Kommentar vorlesen, den sie für meine Zeitung geschrieben hat, anläßlich jenes barbarischen Massakers 1985 im Brüsseler Fußballstadion...«

Günter Messing wartete den ersten Augenblick ab, in dem die Stimme einen Punkt setzte. »Ja, und bevor wir das hören, machen wir erstmal Musik zwischendurch. Marianne Faithfull und *Why D'Ya Do It.*«

»Na sach ma, die is ja 'n Klopper, die Alte!« Kim war völlig fassungslos. Kein Wort von Mord, bloß blödes Gesülze die ganze Zeit. Und wieso war Karin nicht im Studio? Ach, Gott – Karin! »Hatt ich janz verjessen: Karin *kann* morgen mittag. Aber bloß 'ne halbe Stunde. Hoffentlich hat se dann den Termin klar...«, sie sah Kitty an. »Is wahrscheinlich besser, daß die da *nich* rumsitzen muß – Karin kriegt doch als erste stumpfe Zähne bei so'ne Tussis!«

»Tja«, Kitty klang ironisch, »wie sacht Helga immer so richtig: Die heißen Bräute stehn eben ooch nich jebündelt anne Ecke. Verstehste jetze, wieso die sich 'n Typ jegriffen hat? Falls det stimmt –«.

»Aber sie hat doch *uns*!«

»*Dich*, meinste. Naja, du bist eben nicht jedermanns Geschmack, Kleene. Damit mußte leben.« Kitty warf ihr einen spöttischen Kuß zu. »Aber det Stücke is jut.«

»Stark, wa?« Kim war dankbar für die Ablenkung. »Jeht um Eifersucht. Wenn dieser Rachentripper da eben den Text verstehen würde, würde se wahrscheinlich den Plattenspieler zertrümmern.«

Plötzlich flog das Küchenfenster auf. Drei Frauen gackerten durcheinander. »Eh, wann knallen die Korken? Det Ding kann steigen!«

Kim kreischte auf und fiel Kitty um den Hals, Helga kam halb angezogen aus dem Badezimmer. Ginette, Manu und Maria fanden den normalen Eingang zu bieder für die Umstände und hievten sich gegenseitig durch das Fenster.

»Erzähl ma, is er fertich?« Helga war ganz aufgeregt.

»Klar!« tönte Ginette.

»Unde dasse auche!« ergänzte Maria stolz. Sie war die Kleinste, höchstens einen Meter fünfundfünfzig lang und auf fröhliche Weise barock. Sie hielt sich die Jacke auf. Auf den beiden weichen runden Hügeln oberhalb des Korsetts stand WENN DU ZUM WEIBE GEHST.

»Und wo is der Rest?« fragte Kim entsetzt.

Kitty rüstete wieder für einen Lachanfall. Sie krallte sich an Helga fest und kniff die Beine zusammen. »Ick halt's nich aus«, keuchte sie. »Maria, hopp uff'n Tisch!«

Maria sah etwas verlegen drein. Aber als die anderen auch zu lachen anfingen, stieg sie auf den Küchentisch.

»Brust raus!« schrie Kim. »Und hoch!«

»Kuck an die Decke!« empfahl Manu prustend.

»Na, also!« befand Helga. »Jeht doch. Kommt bloß uff die Perspektive an! Die besseren Sachen erkennt man von unten.«

MIT DEM GLAS, das Lietze in der Garderobe gefunden hatte, waren sie noch nicht weit gekommen. Und überhaupt war die Stimmung in der Polizeitechnischen Untersuchungsstelle für Roboldts Geschmack viel zu gemütlich gewesen. »Nun macht mal voran, Kollegen«, hatte er gedrängelt. »Wir haben auch kein Wochenende!«

Immerhin, handelsübliche Drogen konnte man schon ausschließen. Die waren nur auf dem Spiegel. Koks. Die Lachsbrötchen schienen koscher gewesen zu sein. Aber da war noch eine Flasche, die die Spurensicherung hatte mitgehen lassen. Mit einem Etikett in kyrillischen Buchstaben. Wodka. Nur daß in der Flasche schon lange keiner mehr gewesen war. Sondern vielleicht dasselbe wie in dem Glas?

»Wann kriegt ihr das raus?«

»Spätestens morgen«, hatte der Kollege achselzuckend gesagt.

Roboldt hatte versucht, Lietze anzurufen. Im Dienst war besetzt. Er hatte ihr noch eine Nachricht auf ihrem privaten Telefon hinterlassen.

Er überlegte, ob er zuerst zu diesem Getränkevertrieb in Steglitz fahren oder noch einmal versuchen sollte, die BTM-Familie in Neukölln kennenzulernen. Er stieg ins Auto und ließ den Motor an. Fünf vor sieben. Der Getränkeladen ging vermutlich schnell, weil Sonnabend abends kein Mensch da war. Also Bogen über

Steglitz, und dann saß Familie BTM bestimmt am Abendbrottisch. Er schaltete das Radio ein und bog in die Grunewaldstraße. »Das ist ja schon wieder so eine Gänsefüßchen-Musik wie gestern abend«, wunderte er sich, während er die Bundesallee in südlicher Richtung hinunterfuhr. Dann hörte er Stimmen. Derselbe Sprecher wie gestern abend.

»Das waren noch einmal die BTMs mit einem Stück von ihrer neuen Platte.«

»Ich glaube, ich darf das an dieser Stelle ruhig mal sagen«, fiel ihm eine Frauenstimme ins Wort. »Béatrice bereitete gerade ein Porträt über euch vor, nicht Betty? Vielleicht könntest du davon ein bißchen erzählen.«

Roboldt drehte das Radio lauter und seufzte. Wenn die live in einer Sendung sind, kann ich die ja lange suchen, diese Mädchen, dachte er gereizt. Wieso sagt mir das kein Mensch! Er hielt nach der nächsten Telefonzelle Ausschau.

In der Keithstraße meldete sich niemand. Er rief bei Fritz zu Hause an.

»Ich weiß bloß, daß Wielack heute nachmittag zur Vernehmung kommen sollte«, erklärte Fritz. »Ich sitze hier praktisch auf Abruf, aber die Damen scheinen sich auf eigene Wege zu machen.«

Roboldt stieg wieder ein und fuhr los.

»Klar nä, kann ich wat drüber erzählen, wie dat mit meine Tournee gezz –«.

Da ist er ja, dachte Roboldt überrascht.

»...jedenfallz hattse misch grad eingeladen für die Torkschoh, wo se am Vorbereiten war, nä? Im Fernsehen, beste Sendezeit, war se grad am sagen und dann –«.

Der – wie hatte Larry gesagt? *Little hooker*. Na also. Roboldts Englisch kam nicht von der Straße. Es dauerte auch eine Weile, bis er begriff, daß Saschas Stimme plötzlich abbrach, weil der Wagen inzwischen mitten im Tunnel unter dem Bundesplatz war. Er trat fluchend aufs Gas. Die Wodkafirma kann warten. Der kleine Ledermann geht vor. Er wendete bei der nächsten Gelegenheit und fuhr diesmal nicht durch den Tunnel zurück. Er hörte wieder Musik. Aber keinen Sascha mehr. Viertel nach sieben. Er konnte es schaffen. Er konnte ihn vor dem Sender abfangen.

Als er um fünf vor halb acht vor dem Eingang des SWB vorfuhr, sah er gerade noch, wie Wielack aus einem türkisgrünen Chevrolet sprang und die Treppen hinaufrannte. Er stellte den Motor ab und überlegte.

»...am Mikrophon auch heute abend und an diesem unüblichen Sendetag verabschiedet sich Günter Messing«, hörte er, und dann folgten die Anfangstakte eines Stückes, das sich auch nach BTM anhörte.

Beim ersten Ton des Zeitzeichens für die Nachrichten stieg Roboldt aus und ging die Treppen zum Foyer hinauf. Er postierte sich neben der Pförtnerloge zwischen den beiden Glastüren und sah nach innen. Kurze Zeit später erschienen Wielack und ein anderer Mann. Sascha trottete hinterher und sah nervös um sich. Dann entdeckte er Roboldt. Er zuckte zusammen, und sofort danach entspannte sich sein Gesicht. Er wirkte fast erleichtert. Genau in diesem Augenblick hob der dritte Mann den Kopf; er schien dem gestikulierenden und ständig redenden Wielack etwas erwidern zu wollen. Auch er sah Roboldt hinter der Glastür stehen. Mist. Wielack ruderte weiter mit den Armen.

Roboldt stieß die Tür auf und versuchte, beiläufig zu wirken, als er auf die drei zuging. Er hörte Wielack zetern.

»...eine verdammte Schweinerei, daß du uns nicht spielst, aber diese bescheuerten Tussis –«.

Weiter kam er nicht, weil er merkte, daß sein Gesprächspartner jemanden hinter ihm begrüßte. Er drehte sich um und lief blaurot an. Er fing Saschas Blick zu Roboldt ab und schien an den Rand eines Herzinfarkts zu geraten. Aber er faßte sich. »'n Abend, Herr Kommissar. Wie war noch der werte Name? Kobold, nicht?«

Roboldt lächelte milde. »Sie sind nahe dran, Herr Wielack. Wie war's in der Keithstraße? Und Sie sind vermutlich Herr Messing, ja?«

Messing nickte und wartete gespannt auf die nächsten Schritte. Er überließ Wielack das Reden und beobachtete Sascha.

Wielacks Augen flitzten hin und her. »Tja, ähä. Mir ist da etwas dazwischengekommen. Wissen Sie schon, wer's war? Ich meine, haben Sie schon eine Spur? So sagt man ja wohl, nicht?« Er suchte in der Hosentasche nach einem Taschentuch und wischte sich so gelassen wie möglich die Stirn ab.

Sascha zwinkerte Roboldt verschwörerisch zu.

Roboldt zwinkerte fragend zurück. Der oder sein Treiber, überlegte er. Erstmal Zeit gewinnen. »Tja, wie man's nimmt«, sagte er und wandte sich dann an Messing. »Ich habe eben Ihre Sendung gehört, Herr Messing, und ich hätte da zwei, drei Fragen –«, er sah von Messing zu Wielack, »– Béatrice Bitterlich betreffend.«

Wielack atmete auf.

»Aber ich will Sie natürlich nicht unterbrechen. Ich sehe gerade, ich habe mein Notizbuch ohnehin vergessen. Ich gehe es eben holen, es muß ja im Auto liegen.«

Beim letzten Satz hatte Roboldt Sascha einen kurzen Blick zugeworfen. Sascha hatte leicht genickt.

Zwei Minuten später kam Sascha die Treppe herunter und stellte sich in einer bekannten Männerpose vor die Wand neben den Eingang und hielt die Hände etwa in Höhe des Reißverschlusses seiner Hose. Dabei sah er verstohlen auf den Eingang. Niemand folgte ihm.

Roboldt stieß die Beifahrertür auf und pfiff. Sascha sprang ins Auto, packte Roboldt am Arm und keuchte: »Fahren Se los, schnäll!«

Roboldt gehorchte. »Erklären Sie mir noch irgendwann, was Sie vorhaben?«

Sascha beteuerte, er würde ihm gleich alles mögliche erklären, aber ersma wäch. Ganz schnell. Einfach fahren.

Roboldt fuhr eine Weile, bog mal nach rechts, mal nach links ab, drehte auf der Straße um, fuhr wieder ein Stück geradeaus, bis Sascha schließlich in den Sitz sank und aufseufzte. Roboldt nahm den Fuß vom Gas, fuhr rechts ran und stellte den Motor ab. »Wollen Sie, daß wir uns irgendwo hinsetzen, wo man reden kann?«

»Nää, nää. Hier is gut. Dat Auto kenntä nich«, sagte Sascha. Dann schwieg er wieder.

»Soll ich raten?« fragte Roboldt nach einer langen Pause.

Sascha schien es die Sprache verschlagen zu haben.

»Sie müssen mir natürlich gar nichts sagen, Sascha. Aber ich könnte mir denken, daß es Ihnen hilft, wenn Sie ein paar Dinge erklären.«

»Dat Glas!« preßte Sascha schließlich durch die Zähne. »Dä hattat Glas verschwinden lassen! Dat wär't gewesen!«

Es erforderte Geduld und einige Fremdsprachenkenntnisse, bis Roboldt wußte, was Saschas Panik verursacht hatte. Sascha war der festen Überzeugung, daß Wielack ihm etwas in das Glas getan hatte, das er ihm immer brachte. Es war Wielacks Idee gewesen. Ein echter Kerl trinkt, und zwar harte Sachen. Aber Sascha vertrug keinen Alkohol, also hatte Wielack das Gerücht in Umlauf gebracht, Richard Röhm trinke ausschließlich einen ganz bestimmten Wodka, der allerdings viel zu kostbar für gewöhnliche Sterbliche sei. Und da alle Welt wußte, wie geizig Wielack war, hatte die Geschichte funktioniert.

»Und das Glas hat er Ihnen gebracht, und Frau Bitterlich hat es an Ihrer Stelle leergetrunken?«

»Die hattat mir ächt aus de Hand gerissen! Da is wat drin gewesen, sonst hätt dä nich heut morng so'n Lärri gemacht von wegen dat Glas und wär nie dagewesen, nä?«

Was Roboldt immer noch nicht begriff, war, wieso Wielack ausgerechnet sein neues Ringeltäubchen vergiften wollte. Vorausgesetzt, Sascha erzählte keine Märchen. Einen verträumten Augenblick lang starrte er in den Rest des Sonnenuntergangs im Rückspiegel.

»Darf ich Sie auch ma wat fragen?«

»Unter allen Umständen!« lächelte Roboldt. Er sah ihn an. Es fiel ihm erst jetzt auf. Der kleine Ledermann war verschwunden. Das heißt, bis auf die Brettjacke. Aber der Rest sah ganz normal aus.

»Wä is eigentlich Richard Röhm? Was hat Ihre Chefin denn gemeint gestern abend?«

»Ernst. Der Röhm, von dem *ich* weiß, hieß Ernst, und der war Nazi. SA-Führer und früher Komplize von Hitler. Ist ermordet worden –«, Roboldt stockte. Wieso war er nicht gleich darauf gekommen?

Der kleine Kerl hing ängstlich an seinen Lippen. »Und wat weitä?«

»Er war schwul, und weiß Gott nicht als Einziger. Das war bekannt. Hitler hat ihn abschaffen lassen, als er ihn nicht mehr gebrauchen konnte.«

Sascha schwieg. Sein Gesicht bekam wieder einen Stich ins Grünliche. »Sie müssen mich verstecken!« preßte er schließlich hervor.

Roboldt ließ den Motor an. Sascha fing endlich an, hemmungslos zu heulen.

HaJott Wielack steigt aus

MARIA MUSSTE NOCH DREIMAL auf den Riesentisch in Kittys Weddinger Küche steigen. Schließlich fand sie ein besseres System. Sie lehnte sich einfach für jede, die das fertige T-Shirt noch nicht gesehen hatte, einmal rückwärts gegen Manu, neben der sie auf der Bank klemmte, und schlang ihr die Arme um den Hals. Dazu gab sie mimisch den Sterbenden Schwan, ruckelte den nach hinten gebogenen Oberkörper ein paarmal und sagte extrasinnlich: »Ah ah, che bello!«

Krystyna war, erwartungsgemäß, die letzte. Aber das lag daran, daß sie noch anderweitige Solidarität zu wahren hatte. »Schischi« wurde von allen begrüßt und Maria verbog sich zum letzten Mal den Rücken.

»So. Sind wir jetzt vollständig?« fragte Helga. »Ick möchte nemmich heute noch irgendwann paar Mark machen.«

Das wollten die meisten. Ginette räusperte sich. »Also, ich sag's jetzt zum vierten Mal. Unser kleines Schätzchen ist fertig! Ich hab's vorhin abgeholt. Die Farbe ist wahnsinnig. Richtig schön quietschrosa. Und die Buchstaben sind in Leuchtgrün, auf beiden Seiten.«

»Wann steigt's denn nun?« fragte Manuela.

»Montag!« antwortete ein Chor aus Kim, Kitty und Helga.

Ein erregtes Raunen ging durch die Runde. »Na, denn ma los. Det sind ja keene zwee Tage mehr!«

Nadine faßte die Ergebnisse in Sachen Fernsehleute zusammen.

Sie hatte die besten Drähte zum Fernsehen, sie war schon ein paarmal interviewt worden. Und sie war sogar in einer Talskhow gewesen, vor sechs Jahren, als sie, weil sie die Nase voll davon hatte, nur noch für die Staatskasse zu arbeiten, aus Lyon geflüchtet und nach Berlin immigriert war. Nadine wußte, wie man mit den Jungs umgehen muß. Sie hatte es gelernt, vor elf Jahren in Lyon. Sie war eine phantastische Sprecherin, nicht nur wegen dieses bezaubernden französischen Singsangs, den sie vor offenen Mikrophonen geradezu kultivierte.

Die *Berliner Abendschau* war klar. Dort saß eine Redakteurin, die auf ihrer Seite war. *Tagesschau* und *heute* waren auch vorbereitet. Der *heute*-Typ war ein Stammgast von Nadine, und den Redakteur der *Tagesschau* kannte sie über eine Kollegin, mit der sie manchmal zusammenarbeitete, wenn ein Freier auf Stereo stand. Die warteten alle bloß auf das Startzeichen, und die hielten die Klappe. Schon um des lieben häuslichen Friedens willen. Der *heute*-Typ hatte auch versprochen, daß das Ganze, wenn es klappte, sogar in das *Gesundheitsmagazin* des ZDF kam. Vielleicht mit ein paar leibhaftigen Kolleginnen im Studio.

»Und diese Abendschau-Tante?« fragte Helga. »Ist die koscher?«

»Absolut. Une lesbienne, die findet uns toll, weil sie findet es immär toll, wann die Männär kriegönn auf die Nase«, behauptete Nadine.

»Weil, vorhin im Radio – wie hieß die denn noch, Kitty?« wollte Helga erläutern. »Die mit den, ach Mensch, mit diesen Kratzekehlkopp!«

Kitty wußte es auch nicht.

Kim erinnerte sich an etwas wie Trine. »Vom Wochenspiegel war die, gloob ick«, sagte sie schließlich zu Manuela. »So 'ne ganz puristische oder wie det heißt.«

Manuela grinste. »Ach, ich weiß: Regine. Die Mutter der Nation. Hähä – du, wenn wir die auf unserer Seite hätten…«

»Nee, um Gotteswillen, die nich! Die will ick nich, die mach uns nich. Die is bestimmt im Vorstand von diese janze Antiporno-Scheiße. Die muß man sabbatieren!« rief Helga.

»Sabotieren, Helga«, belehrte Krystyna.

Alle wollten wissen, um wen es ging. Kitty erzählte kurz von den Nebenschauplätzen des Tages, und das Treffen drohte in allgemeiner Heiterkeit zu versinken. Schepperndes, giggelndes oder einfach rauhes Gelächter schwirrte durch die Küche und übertönte alle Ansätze, das Gespräch wieder aufzunehmen. Schließlich griff Manuela die leere Sektflasche und ein Glas und sorgte für Ruhe. »Also«, fing sie an. Alle schwiegen und starrten sie an. »Die jedenfalls habe ich *nicht* informiert. Das war die beste Freundin von Béatrice Bitterlich, und Béatrice Bitterlich hat auf eine ganz dreckige Weise Tines letzten Film verrissen.«

Tine war Manuelas Chefin, wenn man so wollte. Manuela hatte vor einem Jahr bei ihr als Produktionssekretärin angefangen und ging nicht mehr anschaffen. Und da in einer kleinen Firma wie Tines *Ultra-Film* eine Produktionssekretärin für fast alles zuständig ist, hatte Manuela beste Drähte zu Presseleuten. Den einen oder anderen kannte sie von früher, aus der *Intim-Bar*. Vor allem einen älteren Herrn, der ihr jahrelang in den Ohren gelegen hatte, so ein nettes und aufgewecktes Mädchen wie sie sollte doch »sowas« nicht mehr machen. Das war der Mann vom »Wochenspiegel«, und er hatte sie tatsächlich ganz gut unterstützt, seitdem sie »sowas« nicht mehr machte. (Außer mit ihm.) »Regine haben wir also gar nicht nötig – außerdem wollen wir ja wohl nach vorne, auf die Männerseiten, oder?«

Die Stimmung stieg von Minute zu Minute. Die elf Frauen in Kittys Küche waren kaum noch zu bremsen. Sie pufften sich gegenseitig in die Rippen und kicherten aufgekratzt. »Eh, Mensch, hätt'ste det jedacht!« Sie konnten kaum noch still sitzen, tauschten Küßchen, fielen sich in die Arme. Dis jib's nicht. Kneif mir. Det is doch bloß een Traum – wielange jib's die Migräne? Zwee Jahre? Und wat ha'm wir jeschafft?!

»Zwee Jahre und elf Monate, Kitty«, gab Helga würdevoll zu Protokoll. »Und die Tiergartenstraße is immer noch nich jesäubert!«

Alle kreischten durcheinander. »Yeah!« stieß Dominique aus, kniff Banana-Mae in die Backe und streckte ihr die offene Handfläche entgegen. »We ain't got it easy…«

Banana-Mae schlug ihre Hand in Dominiques Hand und ergänzte: »But we got it, honey! Wir haben's gekrieckt, und AIDS wir werden auck nock krieng! Alright!«

»Nein – eben nich!« schrie Kim auf. »Du lernst das nie, Mae!«

Das Gegacker brach wieder los, und Kim versuchte Mae händeringend klarzumachen, warum alle lachten.

»Sage doche einfache wegge davor«, empfahl Maria schließlich. »Danne du bies perfetta!«

Es war fast unmöglich, den Rest der Vorbereitungen zu erledigen. Festzulegen, wer die Gasflaschen abholte und in die *Bar Jeder Erotik* transportierte, wer die T-Shirts aus der Firma besorgte und sich um den Verkaufstisch kümmerte. Wer für Wechselgeld sorgte, wer überhaupt verkaufen sollte. Wer die Plakate malte und wann die in die Potsdamer Straße gebracht werden sollten. Das Einzige, was kein Problem mehr war, war die Finanzierung. Sie stand. Die solidaritätstrainierte Krystyna hatte tatsächlich geschafft, den zuständigen Herren der Firma Gummiwaren-Frey's freundliche zehntausend Mark aus der geheimen Spendenkasse zu ziehen.

»Sie trauen sich nicht, unser Goldstück ganz offiziell zu erklären zu Werbekosten«, erzählte sie spöttisch. »Haben immer Angst, ihre katholischen Aktionäre machen Krach, die Heuchler...«

Sie machte eine kleine Pause und sah jede einzeln an.

»Aber«, fuhr sie dann fort, als die anderen fast platzten vor Neugier, wie sie an die zehn Riesen herangekommen war, »es ist mir gelungen, sie davon zu überzeugen, daß unsere Organisation ist mächtig. Und national. Und international.« Sie stoppte wieder und sah wieder jede einzeln an.

»Dschidschi, nu mach doch«, japste Helga.

»Und daß sie«, Krystyna kostete jede Sekunde aus, und ihr Lächeln wurde immer verführerischer, »es sich mit uns besser nicht verderben – wenn sie wollen weiter Profite machen! Es gibt ja noch andere Gummifirmen...«

Das Gekreisch war ohrenbetäubend. Das Durcheinander perfekt. Keine saß mehr still, die einen sprangen und tanzten durch die Küche, die anderen schlugen sich gegenseitig auf Schenkel und Schultern und lachten Tränen. Der harte Kern der MIGRÄNE stand kurz vor der totalen Aufweichung. Bis Nadine auf den Tisch stieg und sich die Aufmerksamkeit erschrie.

»Bevor wir uhns allö totlachönn«, fing sie an, »isch möschte noch etwas zu erinnern wünschen. Macht weitär Propaganda für unsär action, erzählt überall 'erum, daß wir ganz bald ein Ding drehen. Überall, damit die Flics es auch wirklich erfahrön. Aber kein Wort von Potsdamär Straße, bien? Offiziell steigt die Ding immär vom Öropa-Senterr, verstanden? Das 'abe isch und Manu auch der Press erklärt! Und ihr wißt allö, wie die Press plaudärt.«

ALS HANS-JÜRGEN WIELACK um 19.44 die Treppe des SWB-Gebäudes hinunterlief, legte sich etwas vom Gewicht eines mittleren Management-Schreibtisches auf seinen Brustkorb. Dieses Etwas preßte ihm das Blut in rasender Geschwindigkeit und gewaltigem Überdruck in die Gefäße. Er griff sich an den Hals, weil die Schlagader zu zerplatzen drohte. Sein Kopf machte sich selbständig und rotierte in unregelmäßigen Bahnen zwischen dem SWB-Foyer und der Straße hin und her, auf der Autos gleichgültig vorbeirauschten. Schweiß schoß ihm aus sämtlichen Poren, lief über Stirn und Nacken und versickerte in einem 500-DM-*Lorenzini*-Hemd.

Er starrte ein paar Sekunden lang auf die Stelle neben dem Eingang, aber da war nichts. Und niemand. Er schwankte. Er verspürte das dringende Bedürfnis, sich zu setzen. Er griff nach der Metallstange, die neben der Treppe an der Wand entlanglief. Seine nasse Hand rutschte ab. Er lehnte sich an die Wand, wühlte in den Taschen seiner 2000-DM-*Montana*-Jacke, fand ein feuchtes Taschentuch und ein Plastikviereck mit zwölf durchsichtigen Tablettenkammern, alle leergedrückt. Das Hemd klebte ihm auf der Haut fest, das Taschentuch war jetzt naß. Hans-Jürgen Wielack hatte das Gefühl, in einen überdimensionalen Topf mit Wet-Gel gefallen zu sein, als er schließlich die Treppe wieder hinaufwankte und sich durch die schwere Glastür zwängte. Und genau so sah er aus.

Günter Messing, der den drei Pförtnern gerade erklären wollte, wie sie eine Besucherin zu behandeln hätten, die er noch erwartete, drehte sich um und sah Wielack erstaunt an. Er ahnte schon, was los war, noch bevor Wielack den Pförtner gefragt hatte, wo die beiden Männer hingegangen waren, die eben noch mit ihnen im Foyer gestanden hatten. Einer der drei hinter der Scheibe ergriff die Gelegenheit, sich für Messings Extraarbeit zu rächen. Mit sadistischer Umständlichkeit belehrte er den schweißtriefenden Wielack, das Wachpersonal habe darauf zu achten, daß niemand

Unbefugtes in den Sender eindringe. Es werde nicht dafür bezahlt, Leuten nachzuschnüffeln, die sich nicht mehr in seinem Hoheitsgebiet aufhalten.

Messing zerrte den flatternden Wielack durch die zweite Glastür und bugsierte ihn auf einen der Sessel im Foyer. Wielack schwieg und versuchte, die Kontrolle wiederzugewinnen. Sein Gesicht war blaurot. Schweiß tropfte von seinem Kinn, und an den Hosenbeinen bildeten sich dunkle Flecken, wo seine Hände lagen. Schließlich, als er Messings neugierigen Blick nicht mehr aushielt, stöhnte er: »Kann man diesen Kerl nicht mal allein pinkeln gehen lassen, ohne daß der auf dumme Gedanken kommt!«

Messing überlegte. Die richtig exklusiven Stories fallen immer vom Himmel. Man muß nur zufällig dabeistehen und den Schirm richtig herum halten. Wielack war reif. Denn Wielack brauchte seinen Stoff. Egal, welchen. Der war fix und foxy. Das war *die* Chance. Der journalistische Bluthund in Messing wedelte mit dem Schwanz. Er würde den ganzen Dreck ausgraben, den Wielack am Stecken hatte. Alles über seine Trennung von den BTMs, die Geldgeschäfte, die Röhm-Story. Alles würde der sagen. Bevor er den Löffel abgab. Oder an seinen Stoff kam. Er beschloß, Wielack eine Brücke zu bauen.

»Glaubst du im Ernst«, fragte er scheinheilig, »der Bulle ist schwul?«

Wielack sah hoch. Er begriff nicht sofort. »Äh-hä«, sagte er dann, so beiläufig wie möglich, »die Arschficker sitzen heute überall. Das hätte es früher auch nicht gegeben!« Er wartete auf eine Reaktion in Messings Gesicht.

Messing spielte weiter. »Brauchst du irgendwas?«

»Ja, ein Telefon!«

Der Schreibtisch von Béatrice Bitterlich stand noch genauso da, wie sie ihn am Abend vorher verlassen hatte. Wielack ließ sich auf den Stuhl sinken und zog das nasse Taschentuch aus der Jacke. Er merkte nicht, daß etwas zu Boden fiel. Er verfluchte den nassen Lappen. Dann sah er die Papiertaschentücher auf Béatrices Schreibtisch. Er wässerte fünf oder sechs und warf sie zu dem Chaos auf dem Tisch.

Messing knallte ihm das Telefonbuch L-Z vor die Nase. »Hier. Ich hab sowas Ähnliches wie Rotkohl im Ohr«, sagte er aufmunternd und beobachtete ihn weiter.

Wielack schob das Telefonbuch beiseite und zog das Telefon zu sich. Er wählte. »Vera? Gott sei Dank, daß noch jemand in der Firma ist! Ich muß dringend in mein Büro. Ich bin in zehn Minuten da.«

Kuck an, feixte Messing, während er ein kleines Plastikviereck aufhob. Dem haben sie bei der CES nicht mal einen Schlüssel gegeben. Dann dämmerte ihm, daß ihm seine Story durch die Lappen zu gehen drohte. »Was hast du dem Kleinen eigentlich getan, daß er abhaut?« fing er noch einmal an.

Aber Wielack war schon aufgesprungen und zerrte an seinen armselig verknautschten Luxustextilien herum. Dann fuhr er sich durch die klatschnassen Haare und griff nach der Packung Papiertaschentücher auf dem Tisch.

»Die sind übrigens von Titty!« rief Messing hinter ihm her. Scheiße! Womit kann ich den bremsen? grübelte er, während er das Plastikviereck in der Hand drehte und den Aufdruck las: »BETACOR. Setzt das Herz auf Sparflamme.«

»Na also«, zischte Wielack verächtlich zurück, »dann kann mir endlich mal keiner nachsagen, ich nehm's vom Lebendigen.« Er knallte die Tür hinter sich zu.

Herz auf Sparflamme, dachte Messing frustriert. Wenn das kein Motto ist.

Vera bestand darauf, den Grund für Wielacks Hysterie zu erfahren, bevor sie ihn zum Großraumbüro drei Türen weiter durchließ. »Offenbar, lieber Wielack, muß man sogar mit Kerlchen umgehen können«, schloß sie amüsiert.

»Ach, leck mich doch«, keuchte er gegen ihr süffisantes Lächeln an. »Mir brauchst du nicht mehr zu beweisen, daß du völlig zu Recht als einzige Frau in den ›Führenden Männern der deutschen Wirtschaft‹ stehst!«

Aber in seinem Schreibtisch in der Ecke des Großraumbüros *war* kein neuer Brief mit zwölf Filmtabletten. Er spürte, wie die Hitze wieder zunahm. Der Hals pochte. In der Magengegend ballte sich drohend eine Faust. Sie schob sich durch die Speiseröhre nach oben, und sie schob etwas Bittersaures vor sich her. Er stürzte auf die Herrentoilette gegenüber dem Büro und hängte das Gesicht über die Kloschüssel. Der Kopf hämmerte lauter. Er setzte sich auf den Klodeckel, versuchte, den Magen zu entspannen und tief durchzuatmen. Die Faust lockerte sich langsam. Die Hammerschläge im Kopf verloren allmählich an Lautstärke. Das Hirn arbeitete fieberhaft. Er hatte doch die Tablettenpackung vor zwei Tagen in der Schublade deponiert. Er mußte dringend nach Hause. Er fuhr noch einmal durch die Taschen. Aber nicht in diesem Zustand. Er mußte telefonieren. Nicht einmal das leere Briefchen war da. Oder mußte er –. Wieder brach ihm der Schweiß aus. Er riß anderthalb Meter von der Klopapierrolle und wischte sich hastig über das Gesicht. *Konnte* er womöglich nur noch sofort abtauchen? Zwei, drei verschiedene Ausstiegsszenarios rasten in seinem Hirn durcheinander und gegeneinander, und dann drehte sein Kopf wieder eigenmächtig ab.

»Bist du da drin?« hörte er plötzlich Veras Stimme. Er zog sich vom Klo hoch und schleppte sich an die Tür.

»Du brauchst einen Arzt!« entschied Vera, als sie ihn sah.

»Nix«, wehrte er hastig ab, »ich muß an meine Tabletten.«

Er sackte ihr fast in die Arme. Sie brachte ihn in ihr Zimmer. Er sank in den Sessel, in dem acht Stunden vorher Röhm Blut und Wasser geschwitzt hatte. »Vor allem muß ich telefonieren«, japste er.

»Mit wem?«

»Larry. Der soll ihn suchen. Soll durch alle Subs gehen. Und durch die Saunen!«

»Hört, hört«, grinste Vera zufrieden. Er gibt schon zu, daß sein Täubchen schwul ist. Muß ziemlich unter Dampf stehen. Entweder hat er sich die Exklusivrechte an Richard Röhm fürs Bett gleich mit gesichert. Oder –. Oder da läuft noch ein ganz anderer Film. Ein mordsmäßiger. »Ich kann ihn anrufen. Darf ich ihm sagen, daß du selbstverständlich die Spesen übernimmst?«

Wielack stöhnte auf. Dafür zahlst du noch, Vera W. Jansen! Wart's ab!

Larry schien nicht die geringste Lust zu haben, sich da einzumischen. Und er und Vera schienen sich bestens über Wielacks Situation zu amüsieren.

»Leute, die von der Hand in die Nase leben«, schrie Wielack dazwischen, »sollten das Maul nicht so voll nehmen! Bestell ihm das. Sonst kann er demnächst persönlich seinen Schnee zusammenschaufeln gehen!«

»Er sagt, er kann sich ab zehn drum kümmern, früher hat es sowieso keinen Zweck«, sagte Vera, nachdem sie den Hörer aufgelegt hatte. »Ich bin allerdings gar nicht sicher, ob er dann fündig wird. Es könnte nämlich sein«, sie setzte eine bedeutungsvolle Pause und musterte Wielack, »daß der diesen Kommissar besser kennt als wir alle zusammen.«

Wielack schoß hoch. »Was? Und wieso fragst du ihn dann nicht nach der Telefonnummer von diesem Arschloch, du Niete?«

Vera lächelte wieder süffisant. »Weil ich nicht sicher bin, ob sie sich so intim kennen, daß sie schon Telefonnummern ausgetauscht haben.«

Sie stand auf und brachte ihm das Telefonbuch. »Du mußt wohl selbst suchen. Zumindest solange du dir noch keine eigene Sekretärin leisten kannst. Aber soviele Robolls gibt es ja wohl nicht.«

Wielack notierte eine Erika Rohboll, einen Gerhard Roboll und einen Detlev Roboldt ohne Adresse. Die Liste der Roberts war spaltenlang, und andere Namen kamen vom Klang her nicht in Frage. Wielack stand aus dem Sessel auf und ging in den Raum, wo sein Schreibtisch stand. Erika Rohboll nahm nicht ab. Bei Gerhard Roboll meldete sich eine mindestens siebzigjährige Dame. Aha, Mamasöhnchen, dachte Wielack verächtlich. Aber die Dame teilte ihm in kühlen Worten mit, daß – solange sie lebte – kein Herr mit Namen Röhm über ihre Schwelle käme. Bei der letzten Nummer ließ er dreimal vergeblich klingeln und warf gereizt den Hörer auf die Gabel.

Ich hätte diesen Vogel, der nicht mal richtig singen kann, sanfter anfassen sollen heute morgen, dachte er, während er an der Fahrstuhlwand lehnte und auf die Digitalziffern starrte. Es hätte ja nicht gleich die ganze Story sein müssen. Die begriff der sowieso nicht. Was wußte dieser Ringelpietz schon von Männern! Von richtigen Männern. Und davon, daß die saufen, was die Leber hält. Und mehr.

Die Hitze stieg wieder auf. Der Nacken wurde ihm naß. Nie würde der das kapieren, diese hohle Hose: *Wie* genial er war, er, Willy H. J. Wielack! Er sah die Schlagzeilen wieder vor sich. *Richard Röhm – Die Wiederkehr der toughen Kerls!* Kerlig wie – Cocker, Burdon –.

Er stocherte jetzt mit zitternden Händen im Türschloß des türkisblauen Chevy herum. Solche Pannen dürfen nicht wieder passieren! Er hätte ihm heute morgen sagen sollen: Paß mal auf, Junge – naja, nicht die ganze Geschichte, aber –.

Er mußte ihn finden. Vielleicht war es noch nicht zu spät. Vielleicht konnte er ihn noch einmal erfolgreich daran erinnern, wie unglücklich seine Mama in Herne wäre, wenn sie auch noch erfahren müßte –.

»EH, SAMMA, wußtest du das mit Béatrice und der Talkshow, was der Röhm da gequasselt hat?« Betty, die siebzehnjährige Chefin der BTMs, griff nach einem orangefarbenen Tablett, wickelte Messer und Gabel in eine Papierserviette und glitt naserümpfend an einer meterlangen Chromtheke entlang. Was hinter den Plexiglasklappen in Augenhöhe vor sich hin trocknete, war das traurige Ergebnis eines Kompromisses zwischen vegetarischer Revolution und Kantinenkalkül. Ätzendes Grünzeug, zum größten Teil aus der Dose.

»Haste 'n einfachen Hämbörger im Programm?« krähte die kleine Micky weiter vorn einen jungen Mann hinter der Theke an.

»Davon höre ich heute zum ersten Mal«, sirrte es unheilvoll neben Betty. »Und ich wäre die erste, die erfahren hätte, daß Béatrice den Sprung ins Fernsehen geschafft hat.«

»Ick dachte, den Job hätte se ooch von dir.« Betty zeigte auf einen großen Topf mit Nudelbrei in roter Sauce und sah nicht, wie sich hastig rote Flecken über Regine Trübner-Zaeckes Hals ausbreiteten. Sie war vollauf damit beschäftigt, geriebenen Käse über die rot-weiße Masse auf ihrem Teller zu streuen und daran zu schnuppern. »War wohl ooch bloß so'n Spruch von diesem Arschloch«, schloß sie das Thema ab.

Die fünf Frauen, die schließlich am hintersten Tisch der *SWB*-

TELEBAR & LOCANDA Platz nahmen, erregten einiges Aufsehen bei den wenigen, die abends um acht dort saßen. Vier Mädchen, die beiden größten offensichtlich Zwillinge, und wenn man sie dem Alter nach nebeneinanderstellte, hätten sie ausgesehen wie die abgesägten Tasten eines Pop-Art-Pianos. Jedenfalls die Köpfe. Gelb-Blau-Gelb-Grün. Sie waren auch identisch uniformiert in der Sorte Tarnanzüge, in denen früher in amerikanischen Filmen GIs durch Vietnam gerobbt waren und heute der imagebewußte Guerrillo steckte. Stilisierte Koppel, schwere Schnürstiefel, sogar eine Nummer auf der Brusttasche. Nein, Buchstaben: B T M.

Die Mutter, oder um wen immer es sich bei der ältesten der Fünf handelte, war auch nicht schlecht. Fallschirmmontur in Leopardenmuster. Oben eine zerzauste schwarze Federboa, unten ein Paar Sandaletten mit Blocksohlen von der Sorte, der einst Daisy Duck zum Triumphzug verholfen hatte.

»Nu ma los, ick bin ganz gespannt«, drängelte Micky.

Die anderen Schwestern stimmten vollmundig zu.

»Schere und Papier habe ich in der Tasche«, sirrte es verhalten. »Ihr habt hoffentlich den Kleber.«

»Und 'n Stempel«, krähte Micky laut und kramte in der Brusttasche.

»Schsch!« zischte Betty kauend, und Tanja bekam ein paar rote Spritzer auf die Backe.

»Eh, paß doch auf«, schreckte Tanja hoch. Biggy rempelte Micky an und gluckste.

»Wo kriegen wir die Buchstaben her?« Betty hatte zu Ende gekaut und schob angeekelt den rot-weißen Teller von sich.

Regine deutete demonstrativ verschwiegen auf die gefaltete Pappkarte, die in der Mitte des Tisches stand. Biggy sah sich konspirativ um und zog die Karte dann unter den Tisch, wo sie sie in einer der Riesentaschen am rechten Hosenbein verschwinden ließ. »Haste ausjezählt? Reicht die eene?«

»Ick jeh ooch jern noch eene besorgen«, bot Tanja an.

»Eine reicht«, sirrte es leise. »Es fehlen bloß drei Buchstaben, die können wir malen. Habt ihr das Geständ – äh, den Vertrag dabei?«

»Logo«, krähte Micky stolz. »Hab ick verfaßt!«

»IST DAS EIGENTLICH die neue Bürgernähe«, platzte Messing heraus, als er Lietze in sein Zimmer und an Béatrice Bitterlichs ehemaligen Schreibtisch geführt hatte, »daß die Polizei die Leute kidnappt, mit denen sie reden will?«

Lietze sah ihn an. »Nennen Sie es Kidnapping, wenn ich meine, daß wir uns auch beim Essen unterhalten können?«

Günter grinste und erzählte den Vorfall, der Wielack aus der Fassung gebracht hatte. Er beobachtete sie.

Lietze lachte laut auf. »Vielleicht hat mein Kollege den jungen Mann *auch* gebeten, mit ihm essen zu gehen? Das wär Ihnen wohl nicht sensationell genug, nicht?«

»Wielack zumindest hätte er Bescheid sagen können«, gab Messing zu bedenken.

Lietze überlegte, während sie ihren Blick über den Schreibtisch schweifen ließ und erst den linken, dann den rechten Nasenflügel beklopfte. Sie bemerkte die feuchten Zellstoffklumpen, die quer über den Tisch verstreut lagen. »Sind die von Frau Bitterlich?«

»Nee«, grinste Günter Messing. »Die hat Wielack getränkt. Titty hat ihre immer in den Papierkorb geschmissen. Sie hatte panische Angst vor Bakterien.«

Also war sie erkältet? Aber diese Klumpen hier sahen aus, als ob jemand damit unter der Dusche gestanden hätte. Wielack schien sehr ins Schwitzen gekommen zu sein. Bloß weil sein Geschöpf mit Roboldt auf und davon geflattert war? War er eifersüchtig?

»Titty hatte gestern den totalen Rotzkopf. Und Schiß, daß sie noch Fieber kriegt.«

»Und die Party verpaßt? War sie so vergnügungssüchtig?«

»Klar, und in dubio pro homo, könnte man sagen«, nickte Günter Messing stolz. »Auch wenn es einem grammatikalisch in den Ohren quietscht.«

Lietze sah ihn belustigt an. Scheint ihm ziemlich auf den Geist gegangen zu sein, die junge Dame. Der linke Nasenflügel hatte nichts zu morsen. Wenn jeder jeden umbringen würde, der ihm auf den Geist geht, fand Lietze, dann gäbe es vermutlich kaum noch Männer auf der Welt. »Das Betriebsklima war nicht das beste hier, oder?«

Günter Messing wurde rot. »Ich sollte es Ihnen wohl sagen, bevor es jemand anders tut. Wir haben uns gestern ziemlich in die Wolle gekriegt.«

Lietze betrachtete Messings Glatze und versuchte, nicht zu lächeln.

Messings Rhetorik litt, aber er erzählte weiter. Wie Titty ihn gequält hatte mit ihrer schlampigen Sprache, mit ihrem ewigen Klatsch und ihren ewigen Heulereien im Kino. »Manchmal hat sie uns alle live zum Heulen gebracht damit!«

Lietze schob Papierstapel, verklebte Kaffeetassen und eine leere Tamponschachtel auf dem Schreibtisch hin und her, zog Schubladen auf, stöberte darin herum. »Wo hat sie es aufbewahrt?«

»Was?« Günter Messing war überrascht.

»Das Insulin. Und die Spritzen.«

Schon wieder jemand, der wußte, was ihm drei Jahre verborgen geblieben war! Er beteuerte, nichts davon gewußt zu haben.

Lietze sah ihn zweifelnd an. »Wer war denn der andere jemand?«

Scheiße, dachte Günter Messing. Das ist nicht dein Tag heute. Erst geht dir die Wielack-Story durch die Lappen, dann verplapperst du dich auch noch. »Regine«, sagte er.

»Ist das Frau Trübner-Zaecke? Woher wußte die es?«

»Na, von Titty vermutlich, die waren früher mal dicke.«

Lietze fand eine angebrochene Scheibe Nougat unter einem Stapel Fotos, auf denen Béatrice Bitterlich extra-breit lachend neben dem Senator für kulturelle Angelegenheiten stand. Mit schweren, weinseligen Lidern. Sie schob die Schublade wieder zu. »Geben wir der Kantine eine Chance. Und da erzählen Sie mir ein bißchen über Titty, wie Sie sie nennen, okay?«

»EH, KIEKT MA, wer da is!« Betty zwinkerte aufgeregt in Richtung Theke.

»Wat will 'n die hier?« zischte Biggy.

Etwa zehn Meter vor ihrem Tisch schlenderte eine große, schlanke Frau in den besten Jahren mit kurzen blonden Haaren und in einem Regenmantel vor den Plexiglasklappen entlang und schob ihr orangefarbenes Tablett über die Chromfläche. Vor ihr nahm ein Mittdreißiger mit wenigen kurzen Stoppeln am Hinterkopf einen Salatteller und drehte sich zu der Frau um. Er schien sie etwas zu fragen. Dann wandte er sich an den jungen Mann hinter der Theke.

»Wat macht die denn mit dem zusammen?« fragte Betty.

»Liebe im Funkhaus...«, intonierte Tanja. Betty hielt ihr die Hand auf den Mund.

»Ick denke, die hat wat mit Jalta!«

Regine sah stumm auf ihren Teller. Die vier Schwestern flüsterten aufgeregt durcheinander. Plötzlich winkte Betty grinsend in den Raum. Regine sah hoch. Messing nickte und sagte etwas zu seiner Begleiterin. Auch Lietze drehte den Kopf in Richtung BTM-Tisch und nickte, bevor sie ihr Tablett an einen kleinen Tisch am Fenster in der anderen Ecke der Kantine trug. Kurz danach brachen die fünf auf.

»Poh – Scheiße!« keuchte Betty, als sie die Tür des großen Besucherklos im Erdgeschoß hinter sich zugeknallt hatten.

»Meinste, det heißt wat?« Biggy sah unruhig zu Regine.

»Ruhig Blut!« schoß Regine zurück. »Wir müssen uns bloß beeilen.«

Biggy und Tanja schoben Wache vor der Tür. Betty schnitt Buchstaben aus der Pappkarte, während Regine eine Seite aus einem Heft riß und auf einem Klodeckel drapierte und Micky an der Klebstofftube schnüffelte.

»Hier«, sagte Betty nach ein paar Minuten. Sie sortierte die großen und kleinen Versalien, von denen vier paarweise zusammenhingen, auf das Papier.

»Los, wo is der Stift?« rief sie, während Micky die Buchstaben festklebte. »Jeder malt einen. Ick mach det i.«

Micky übernahm das h, Regine das z, und zum Schluß setzte Micky den Stempel DRUCK-SACHE darunter. Dann packten sie die Sachen zusammen und gingen zu den beiden auf dem Korridor.
»Eh, Spitze«, strahlte Biggy.

»Viel zu schön für det Schwein!« fand Tanja. Regine übernahm die Führung durch das SWB-Gebäude.

»Kann da jeder einfach dran?« staunte Biggy, als sie vor dem Fotokopierer standen. »Det müssen wa uns merken. Für die Promoschen und überhaupt.«

Sie machten drei Kopien, rissen die aufgeklebten Buchstaben vom Blatt, und jede steckte ein paar in die Taschen. Das leere Blatt warfen sie kleingerissen in die Tonne neben dem Kopierer.

»Eh, kiek ma, der kann ooch vergrößern!« krähte Micky.

»Zeich ma.« Tanja kam näher. »Laß ma probieren.«

Sie griff nach Bettys Hand mit den Kopien, aber Betty zog sie fort. »Weg jetzt. Zum Spielen ha'm wa keene Zeit.«

DAS ANGEBOT in der SWB-*TELEBAR & LOCANDA* entsprach völlig ihren Erwartungen. Der Vogel, an dessen Keule sie herumzerrte, mußte zu Fuß aus einer abgelegenen Hühnerfarm in den Großmarkt gelangt sein. Die Bratkartoffeln repräsentierten einen realgastronomischen Grundwiderspruch, weißliches Mus und schwärzliche Holzkohle. Und Messing hatte auch nicht gerade eine appetitanregende Art zu erzählen.

»...Weinwert, Sex-und-Klatsch-Skala – also, man könnte zusammenfassend, sagen: Sie war die fleischgewordene Hintertreppe. Sorry, klingt wohl nicht sehr frauenfreundlich, nicht?« Er wischte sich den Mund ab und wartete auf eine Reaktion.

Lietze lachte nicht. Sie stocherte in einem ihrer Zähne, und als sie damit fertig war, holte sie eine Packung *Lucky Luciano* aus der Umhängetasche. Sie steckte sich ein Zigarillo in den Mund, dann hielt sie Messing die Schachtel hin.

Messing schüttelte den Kopf. »Naja, dann sage ich eben – der fleischgewordene Zeitgeist.«

Aber Lietzes Geist war zu dieser Zeit bereits woanders. »Wie fanden Sie den Abgang eben? Mir kam er ein bißchen sehr hastig vor.«

»Die BTMs und Regine? Naja, Regine kann mich nicht besonders gut leiden. Die vier Mädchen hätten ruhig freundlicher sein können. Ich hab sie ganz schön gesponsort vorhin!«

Lietze studierte die Karte, die auf dem Tisch stand. Sie hatte noch Hunger, und sie brauchte einen Schnaps. »Warum kann Frau Zaecke Sie nicht leiden?« fragte sie, während sie sich für eine Portion Rührei mit Speck und einen doppelten Wodka entschied.

Günter Messing holte weit aus. Erzählte von einer Beziehungskiste aus fernen Tagen, von geschlossenen Systemen und Konkurrenz. Lietze betrachtete die kitschigen riesigen Versalien auf der Vorderseite der Karte. *SWB-TELEBAR & LOCANDA*. Dasselbe hinten drauf eine Nummer kleiner. Grauenhafte Schnörkel. »Wollen Sie auch noch etwas?« fragte sie schließlich und bestand darauf, daß sie diesmal zahlte.

Günter Messing wollte einen Capuccino. »Den können die hier nämlich!«

»Was haben Sie eben mit Konkurrenz gemeint?« Lietze kippte den Wodka in einem Zug und wandte sich dem Rührei zu. »War Frau Zaecke neidisch auf Ihren Arbeitsplatz?«

Günter grinste. »Haben Sie sich die Stimme mal angehört? Sie hat früher volontiert beim SWB. Damals konnte man sie noch anhören. Die hätte gar keine Chance! Und schon gar nicht beim Fernsehen!« setzte er hinterher.

»Wollte sie zum Fernsehen?« Lietze sah erstaunt hoch.

Günter erzählte von Regines und Tittys gemeinsamen Plänen, eine Magazinsendung »neuen Stils« ins Dritte Programm zu lancieren. Sie waren alle gescheitert. »Allerdings«, fügte er hinzu, »wenn das stimmt, was Wielacks Fair Lady vorhin erzählt hat...«

»Wer?«

»Na, Röhm. Wielack ist doch ein typischer Fall von frühzeitigem Pygmalion-Syndrom.«

»Was hat denn Röhm erzählt?«

»Ach so, Sie haben PUZ-Extra gar nicht gehört?«

Lietze murmelte eine Entschuldigung und ließ die Geschichte von Béatrice Bitterlichs fehlgeschlagenem Verführungsversuch über sich ergehen. Offenbar hatte sie sich furchtbar damit gebrüstet, daß sie jetzt beim Fernsehen mitmachen durfte. Das Rührei war eßbar, und der Zaecke war durchaus zuzutrauen, daß sie ihre im Kampf gegen den Feind Mann gehärteten Ellbogen auch gegen ihresgleichen in Einsatz brachte. Aber daß sie scharf auf Fernsehen war und die andere eher den Zuschlag bekommen hatte, das reichte doch wohl kaum für einen Mord! Oder? »Und das war das Ende einer schönen Freundschaft?« fragte sie skeptisch.

Messing nickte und berichtete von der Schlacht um den Hamburger mit der Midlife-Crisis. Als er auch damit nicht den erhofften Effekt im Gesicht seiner Gesprächspartnerin erzielte, lehnte er sich zurück, schob die Hand in die Hosentasche und warf ein kleines silbriges Plastikviereck auf den Tisch.

»Was ist das?«

»Hat Wielack vorhin verloren«, sagte Messing. »Er hat's nicht gemerkt, glaub ich. Ich bin über den Spruch gestolpert.«

»Es ist leer«, sagte Lietze und las den Sparflammen-Slogan. »Ein Hochdruckmittel oder was?«

»Keine Ahnung. Es ist nur so grotesk. Ich weiß nicht, ob Sie das verstehen können – Tittys Herz war die ganze Zeit auf Sparflamme. Ich meine, falls sie überhaupt eins hatte.«

Lietze registrierte ärgerlich ein leises Morsealphabet, das sich in ein hinterhältiges Jucken verwandelte und in der ganzen Nase breit machte. Stufenlos geregelt. Sie beschloß, die Lungenzüge zu lassen. »Erzählen Sie weiter.«

Messing nahm mehrere Anläufe als Amateurdetektiv, aber keiner veranlaßte Lietze zu größerem Interesse. Er zögerte einen Augenblick. Er fühlte sich sehr unwohl, und dieses Gefühl verließ ihn erst, als er ihr endlich auch gebeichtet hatte, daß Regine ihn heute morgen ziemlich in die Mangel genommen hatte. »Sie hatte ja recht – ich *wollte* Titty loswerden. Ich hatte keinen Bock mehr. Ewig dieses Generve wegen irgendwelcher mieser Verrisse. Und ewig hat sie Frauen angepißt. Nur Frauen. Weil sie nämlich feige war, verstehen Sie? An die Macker hat sie sich nicht rangetraut. Zum Kotzen! Das ging so nicht mehr. Die wären mir doch eines Tages auf die Bude gerückt. Irgendwelche Rachegöttinnen. Und hätten mich nackt ausgezogen und fotografiert! Als Chauvi des Jahres, mit einer sauren Gurke in der Hand!«

AN DIESEM ABEND war das *Potsdamer Abkommen* schon um kurz nach zehn gerammelt voll. Jalta saß allein auf einem Barhocker an der runden Theke neben dem Eingang und drehte kleine, gelbliche trockene Krümel in ein Blättchen Zigarettenpapier. Alle Augenblicke mußte er hochkucken und jemanden grüßen, der gerade hereinkam. Mann, dachte er, die ganze Szene! Ob das gut ist, sie ausgerechnet heute abend hier vorzuzeigen? Wer weiß, wer da gestern abend alles gewesen ist und sie gesehen hat? Nachher halten die *mich* für'n Bullenspitzel! Aber vielleicht kommt sie sowieso nicht. Vielleicht ist sie ja doch beleidigt, von wegen Bullin und so… Er trank einen Schluck Blue Jalta und zündete sich das dünne Stengelchen an.

Diesmal waren es Betty und Biggy, als die Tür wieder aufging. Und hinter ihnen kam – na, Mahlzeit! Die bleiche Tochter.

»Heh – ihr wart gut vorhin!« sagte er zu den beiden BTMs. »Hab die Sendung gehört. Was habt ihr denn angestellt, daß der drei Stücke von euch spielt?«

»Jut, wa?« strahlte Betty. »Det schärfste is nemmich von ihr.« Sie zeigte auf die bleiche Tochter. »Also, die bad girls, ick meine, der Refreng.«

Die Bleiche warf Klaus einen spöttischen Blick zu und sagte zu Biggy. »Wer is 'n der? Freund von euch?«

»Hm«, hörte Klaus geschmeichelt, »det is Jalta. 'n *sehr* guter Freund sogar. Macht unsern ersten Clip«

Biggy tuschelte Kim etwas ins Ohr. Kim nickte anerkennend und streckte ihm dann die Hand hin. »Na dann – Druschba! Icke bin Kim!«

Klaus strahlte sie an. »Willste 'n Zug?«

Das dünne Stengelchen machte eine Runde und war alle.

»Aber im Augenblick mußte unsern Jalta 'n bißchen im Auge behalten«, fing Betty an, als er nach der Marihuana-Tüte suchte.

Kim grinste. »Wieso – kifft er zuviel?«

»Nee. Aber der pennt mit die Schmiere.« Betty funkelte Klaus böse an.

Klaus funkelte böse zurück.

Kim stutzte, musterte ihn und sagte überrascht: »Wat – der?«

»Tja, er jeht uff die dreißig zu, wa? Da fängt die Wende an«, erläuterte Betty giftig.

»Wenn du 'n Typ wärst, Betty, dann würde Kim dir jetzt sagen, halt du deinen da raus! Die Schmiere übrigens wird hier erwartet...« Wieder huschte ein Anflug von seligem Säugling über Klaus' Gesicht.

Betty schrak zusammen.

»Det jib's nich«, schrie Biggy. »Det jeht echt zu weit, Jalta! Schlimm jenug, wenn de deine neue Flamme in unsere Wohnung schleppst, aber die Zehne muß sauber bleiben.«

Kim hatte ihn die ganze Zeit angestarrt. Das Gesicht, alles, was sie im roten Licht an Körper erkennen konnte, die Hände, vor allem die Hände. Wat soll denn an dem dran sein? 'n Mann wie andere ooch. In fünf Jahren hat der 'n Abo bei uns. Sie setzte sich neben ihn und schnupperte unauffällig. Jewaschen scheint er sich zu haben, stellte sie fest.

Jalta hatte den nächsten Joint fertig. Sissy kam und nahm die Bestellungen auf. »Bring uns die Sachen nach hinten, Sissy, wir ziehen um«, bat Jalta und steckte sich das dünne Papierröhrchen zwischen die Lippen. Sie zwängten sich durch die Menge und fanden einen freien Tisch zwischen ein paar konservativ arrangierten flachen Segeltuch-Sitzen unter dem Disko-Balkon.

»Poh!« stöhnte Betty, während sie sich auf eins der Kastenelemente warf, »wenn du nich immer irgend'ne Scheiße bauen müßtest, Jalta!«

»Meine verehrte kleine Bettina«, erwiderte Jalta genießerisch, »jetzt stell mal einen Augenblick dein Antibullen-Programm ab. Ich hab euch nämlich was Heißes zu erzählen.«

Kim sah ihn neugierig an. Betty und Biggy hakten die Arme unter und krähten. »Na, denn schieß ma los!«

»Nö«, genoß Jalta weiter, »erst versprecht ihr mir, Karin nicht zu nerven!«

Betty protestierte.

Kim schaltete sich ein. »Wußtet ihr schon, die ersten Bullen nach fünfundvierzig waren fast allet Ex-Knackis und so? Vielleicht muß man die bloß ma öfter dran erinnern. An ihre Tradition, mein ick«, erklärte sie kichernd.

»Nu red schon, Jalta«, knurrte Betty.

»Ja, los«, drängte Biggy.

»Also schön. Versprochen? Kim, du zeugst, ja?«

»Klar; könnt ick – wenn ick wollte!« grinste Kim und warf einen verschwörerischen Blick zu Betty und Biggy.

»Los, Jalta. Maul auf!«

»Ratet mal, was ich vorhin gefunden habe!«

Alle drei Frauen stöhnten.

»Na, ratet doch mal. Da kommt ihr nie drauf!«

»Mann, Jalta, wenn de deine Filme ooch so drehen willst, denn loofen die Leute aber nach die ersten fünf Minuten heulend aus'n Kino!« sagte Betty cool.

»Röhm.«

»Den ha'm wir ooch gefunden vorhin. Der war mit uns bei PUZ Extra, du Idiot.«

»Aber ich hab ihn in 'nem Film gefunden.«

»Wat is los? Wat für'n Film denn?« Biggy wurde aufmerksam.

»Tja«, Jalta machte eine Kunstpause und sah in die drei Gesichter, »was für'n Film das sein soll, ist mir auch schleierhaft. Auf jeden Fall kein besonders guter –«.

»Jalta!« schrie Betty erregt, »wir sind hier nich uff de Filmakademie!«

Jalta lächelte, »Ihr giftet immer, daß er nicht richtig Musik machen kann, und ich erlaube mir eben festzustellen, daß er eine Sex-Szene versaut.«

»Ick hör immer Sex!« mischte sich Kim ein.

»Davon rede ich auch«, erwiderte Jalta. »Ich habe nämlich vorhin, als ich die Rollen durchgekuckt habe, ein Stück Film gefunden, in dem euer Lieblingsfeind mit irgendeinem alten Knacker in einem Bett rummacht.«

Biggy klappte die Kinnlade herunter und starrte Jalta an.

Betty und Kim tauschten skeptische Blicke.

Jalta schlürfte zufrieden lächelnd an seinem Getränk. »Amateurfilm«, ergänzte er herablassend und stand auf, um die Treppe hoch zur Toilette zu gehen. »Macht damit, was ihr wollt.«

»Darauf kannste Jift nehmen!« krähte Biggy.

DIE HEISSE MILCH MIT HONIG hatte Sascha dankbar geschlürft, nachdem er eine gute Viertelstunde Roboldts Badezimmer besetzt gehalten und schätzungsweise eine halbe Rolle Klopapier vollgerotzt hatte. Roboldt hatte das Ohr von der Tür genommen, als er den Wasserhahn gehört hatte. Er war in die Küche gegangen und hatte das Tiefkühlfach seines Kühlschranks inspiziert. Drei Kohlrouladen, die ihm seine Mutter bei ihrem letzten Besuch gekocht und eingefroren hatte, waren das einzige Angebot. Dann hatte er den letzten Rest frischer Milch aufgesetzt. »Entschuldigung«, hatte er zu Sascha gesagt, »bei mir kommen die Mäuse mit verheulten Augen aus dem Kühlschrank – ich hab vergessen einzukaufen«, und ihm die Kohlrouladen gezeigt.

Auch die hatte Sascha dankbar begrüßt. Und zum Anlaß genommen, über *seine* Mutter zu erzählen. Und über sein Zuhause. In Herne. Erika war sechzehn gewesen, als Sascha im Autoscooter entstand. »Naja, nich ganz, nä?« korrigierte er sich. »Wenn man dat ganz genau nimmt, im Kassenhäuschen. Dä Schahlie war doch Kassierer. Geiler Typ. Hat se jehnfallz immer gesacht. Wie dä da zwischen dä Autos rumgesprung' is und so. Obwohl er se sitzenlassen hat, nä. Deswegen wollte se mir auch unbedinkt haben. Ganz allein ehmt. War hart, nä.«

Er holte ein Foto aus dem Portemonnaie. Es zeigte eine Mittdreißigerin mit dichten roten Locken. Schönes Gesicht, fand Roboldt, schmal, mit harten Falten von den Nasenflügeln herunter zum Kinn, aber nicht verhärmt. Sie hatte sich wegen Sascha mit ihrer gesamten Sippe zerstritten und war nach Herne gezogen.

»Wo wir gewohnt hah'm, da fliegen die paar Vögel auf'n Rückän, verstehn Se? Damit se dat Elänt nich sehn!«

Roboldt verstand. Es gab nicht viele Auswege. Man konnte Fußballer werden, Zuhälter oder eben Rockstar.

»Is mir ja praktisch innä Wiege gelegt worden.«

Roboldt sah ihn an. War seine Mutter eine umständehalber verhinderte Musikerin?

»Nää! Die kann kein Ton richtich rauskriegen. Aber Rock-Fänn war se. Isse immä noch. Volle Radelle. Und mir hat se großgezogen mit *If you wanna be a rock'n roll star*. Känn Se dat? ›Schast gättän ieläktrick gitah änd…‹« Er fing an zu singen, aber auch seine Töne kamen nicht ganz richtig raus.

Roboldt lächelte ihn an.

»Von morngs bis ahms, nä?« sagte Sascha entschuldigend.

Erika Pietz schien auch eine romantische Seite gehabt zu haben. Und wenn sie nicht in der Stimmung war, mit Byrds und Stones und Jimi Hendrix gegen gähnende Kohlenkästen und schimmelnde Wände aufzutrumpfen, dann legte sie Alexandra auf und stellte den Kofferplattenspieler auf Wiederholung. Dann geisterte endlos ein kehliger *Zigeunerjunge* durch die jeweilige Wohnküche. Für Alexandra hatte Mama Pietz regelrecht geschwärmt. Deshalb hatte sie den wachsenden Insider in ihrem Bauch sofort nach ihr benannt. Alexander, Schmuseform: Sascha.

Der vorzeitige tragische Tod jener Alexandra hatte Mutter und Sohn noch enger zusammengeschweißt. Das heißt, er hatte Erika Pietz in permanente Panik versetzt, sie könnte ihr Goldkind nicht genügend beschützen. Diese Frucht der – wenn auch einnächtigen – Liebe. Sie hatte Sascha auf die Oberschule geschickt. Er hatte genau mitbekommen, was sie dafür aufgab. Aber es hatte ihn auch nicht motivieren können, sich für den Unterricht zu interessieren. Außer für den Sportunterricht, vor allem für den Beginn und das Ende desselben. Die Umkleideräume. In die siebte Klasse war er am liebsten gegangen. Da fand der Sportunterricht im Schwimmbad statt, und er lebte Woche für Woche auf die Gemeinschaftsdusche hin. Nach der zehnten Klasse war er abgegangen. Die Lehrer hatten es empfohlen. Mama Pietz hatte es nur schwer ertragen. Sie war festangestellte Haushälterin in einem guten Haus. Es war ein großes Haus, und sie bewohnte dort eine kleine Nebenwohnung. Zwei Zimmer, Küche, Bad. Sascha war ohnehin nur noch selten zu Hause. Das war normal. Aber es kränkte sie dennoch. Auf jeden Fall mehr als die Tatsache, daß die Herrschaft, deren Haushalt sie führte, ausgerechnet die Familie eines Gummiwarenfabrikanten war, der in seiner reichlichen Freizeit nicht nur im Rahmen seiner Partei als fanatischer Sittenwärter und Hüter der »Volksgesundheit« auftrat.

»Und deshalb«, fragte Roboldt, während er die Teller zusammenräumte, »haben Sie Angst, Ihre Mutter erfährt, daß Sie schwul sind?«

Das Telefon klingelte aus einem ferneren Teil der Wohnung. Roboldt stellte die Teller wieder ab und lief ins Schlafzimmer. Es klingelte gerade zum dritten Mal, und er riß den Hörer von der Gabel. »Ja!«

Jemand legte gerade auf. Als er wieder an den Tisch kam, starrte Sascha aus einem graugrünen Gesicht auf die Saucenflecken, die kreisförmig markierten, wo Roboldts Teller gestanden hatte.

Roboldt musterte ihn. Er konnte sich nicht vorstellen, daß jemand heutzutage noch soviel Schiß hatte. Er hatte es immer wieder beobachtet im Laufe seines neununddreißigjährigen Lebens – an anderen. Als er seiner Mutter vor zwanzig Jahren erklärt hatte: »Mama, ich muß dir zwei Sachen sagen, die erste ist gut, die zweite schlecht. Ich werde Bulle, und ich bin schwul!« da hatte die ihn nur angesehen und gefragt, ob er die Zuordnung ernsthaft beizubehalten gedachte. Und das war zwanzig Jahre her! Daß dieser Bengel heutzutage... Und wenn ihm die Enge der Provinz noch so sehr im Nacken saß, der Druck, daß seine Mutter eine gute Stelle beim leibhaften Volkswartbund verlieren könnte... Es erschien ihm unlogisch. Das erste, was so einer tat, wenn er wirklich Rockstar geworden war, war, seine Mutter da rauszuholen und ihr eine Spießeridylle einzurichten. Irgend etwas stimmt da nicht, fand er. Du verschweigst mir etwas, Herzchen.

Sascha schwieg weiter.

»Was wollen Sie denn nun machen?« fragte Roboldt. »Sie können ja nicht ewig hierbleiben.«

Sascha stützte die Arme auf den Tisch und ließ den Kopf in die Hände sinken.

»Zumindest Ihren Tiriac müssen wir ja mal benachrichtigen.«

Es zuckte jetzt regelmäßig über Saschas Schultern und Rücken. Roboldt ging zu ihm, legte ihm die Hände auf die Schultern und ließ sie einen Augenblick lang dort ruhen. Er spürte, wie Sascha bibberte. Er spürte der Wärme in seinen Händen hinterher, durch Saschas Hemd hindurch, bis auf die Haut. Ob sie auch so bleich war wie sein Gesicht? Er spannte seine Hände um die schmalen Schultern herum. Er packte sie. Und zog sie hoch.

Sascha richtete sich auf. Drehte den Kopf nach hinten. »Wat hah'm Sie vorhä von Mäuse mit verheulte Augen gesagt?« Er sah Roboldt ins Gesicht und zog den Rotz hoch. Der Versuch, cool zu grinsen, mißlang.

»Was ist mit Wielack, Sascha«, Roboldt wurde hart.

»Meine Mama kann den nich leiden«, bot Sascha nach einer Pause an.

Roboldt spürte, wie Ärger in ihm hochstieg. Das Aas, schoß ihm durch den Kopf, führt dich an der Nase herum.

Sascha verschärfte den Angriff auf Roboldts weiche Seiten. Er klapperte jetzt, als ob ihm kalt wäre. Demonstrativ. Schließlich gehorchte Roboldt und bot ihm ein heißes Bad an. Sascha nickte dankbar.

»Und dann überlegen wir uns gemeinsam, was Sie machen wollen!« rief Roboldt hinter ihm her.

Er brachte das schmutzige Geschirr in die Küche und setzte Teewasser auf. Dann suchte er die Pistole aus dem Schrank im Flur, steckte sie in die Tasche seiner Jacke am Haken, holte das Telefon aus dem Schlafzimmer und zog sich damit in das Zimmer zurück, das am weitesten vom Badezimmer entfernt lag.

Er hatte den dringenden Wunsch, mit dem Chef zu reden. Pardon – Lietze! *Dann sagen Sie auch nicht Kobold zu mir!* Er mußte wieder mit ihrem automatischen Sekretär vorliebnehmen. Entweder war sie auch auf einer Fährte oder –. Nein. Kaum vorstellbar, daß Lietze um die Häuser zog, wenn sie in Kommission waren. Sie hatten nie ein Wörtchen über ihre Privatsphären ausgetauscht. Lietze haßte falsche Vertraulichkeiten. Sie war offenbar Single, wie er, aber seines Wissens duzte sie niemanden. Nachname und »Sie«. Daß sie zu Miriam Jacob »Mimi« sagte, war das Höchste an Intimität, das jemand von Kriminalhauptkommissar Lietze zu hören gekriegt hatte. Wie macht *die* das eigentlich beim –.

Er diktierte einen detaillierten Report über das, was er herausgefunden und an Fragen entwickelt hatte, und versprach, noch mindestens bis zehn zu Hause erreichbar zu sein.

Dann rief er Larry an. In der Hotelbar fanden sie ihn. Er erfuhr, daß Larry den Auftrag hatte, Sascha zu Wielack zurückzubringen.

»Heim ins Reik, if you know what I mean«, feixte Larry.

Roboldt lachte und riet ihm, ruhig bei ihm anzufangen mit der Suche. »Vielleicht wirst du schlau aus dem, Larry«, schloß er und legte auf. Er spürte, wie er ruhiger wurde bei dem Gedanken daran, Larry als Verstärkung zu haben. Es machte ihn auch beweglicher.

Er ging zurück in die Küche, stellte das Gas kleiner, hängte das Teesieb in die Kanne, schüttete Tee hinein, drehte die Gasflamme kurz groß, nahm den Kessel vom Herd und goß das kochende Wasser durch das Sieb. Dann drehte er das Gas aus. Die Badezimmertür ging auf, und Sascha erschien. Nur mit einer sehr weit ausgeschnittenen Unterhose bekleidet, die dem Namen Hose beim besten Willen nicht gerecht wurde. Die anderen Sachen trug er über den rechten Arm gehängt, in der linken Hand hatte er die Schuhe.

Wieder gehorchte Roboldt. Sah ihn an, von oben bis unten bis oben. Irritiert.

»Dat war 'n bißken eng da. Ich wollte die Palme nich umreißen«, sagte Sascha kokett.

Dann bemerkte Roboldt etwas tatsächlich Irritierendes. Saschas beide Oberschenkel waren übersät mit Einstichen. Er sah ihm ins Gesicht.

Sascha grinste einladend. »Nää – nich, wat Sie denken!« schmeichelte er.

»Ich denke«, sagte Roboldt scharf, »Sie sollten jetzt endlich den Mund aufmachen. Mir ist bekannt, wie Einstiche von Heroinnadeln aussehen. Hat Wielack gewußt, daß Sie Zucker haben? Los jetzt, reden Sie.«

Sascha sagte keinen Ton. Er zog sich das T-Shirt über den Kopf, als entdeckte er eben die Langsamkeit, und schlenkerte aufreizend die Hüften, die damit nichts zu tun hatten.

Roboldt wurde sauer. Er ging auf Sascha zu, packte ihn noch einmal bei den Schultern, aber diesmal von vorn. Er bemühte sich, Abstand zu halten, jedenfalls in Höhe der Körperpartie, die direkt unter dem T-Shirt anfing. Er schüttelte ihn. Er fauchte ihn an. »Mach das Maul auf, Bengel, sonst –«.

In diesem Augenblick klingelte es dreimal kurz. Roboldt ließ die Arme sinken und ging zur Tür. Sascha verlor schlagartig jede Lust, verführerisch zu wirken, und fing an zu zittern. Roboldt kam zurück in die Küche, nachdem er den Öffner für die Haustür gedrückt hatte. »Das ist Larry. Ziehen Sie sich an. Und glauben Sie nicht, es würde Larry auf Ideen bringen, wenn er Sie hier so sieht«, fauchte er wieder. »Larry wird auf Sie aufpassen.«

»Wat – dä? Ausgerechnet dä!« protestierte Sascha. »Koksern kannze nicht trauen.«

Roboldt warf ihm einen giftigen Blick zu und ging wieder an die Tür. Larry mußte inzwischen oben sein.

Als beide in die Küche kamen, zog sich Sascha gerade den Reißverschluß seiner Jeans zu. Larry grinste und pfiff durch die Zähne. Er sah Roboldt an. Roboldt schüttelte den Kopf. Larry verzog das Gesicht, als ob er ihm kondolieren wollte.

»Hat der kleine hooker dich nicht rangelassen?« feixte er und gab Roboldt drei Stofflappen mit den Buchstaben B, T und M darauf in die Hand. »Take them – als Trostpreis«, sagte er. Dann sah er Sascha an. »Cops sind keine tycoons, darling! He didn't go for your price, uhm?«

Roboldt wurde starr. Er bekam einen trockenen Mund. Hooker! Der Tee! Scheiße. Stricher ist der! Dieses verdammte kleine Aas mit seinem versuchten Heimporno hatte ihn den Tee vergessen lassen. Er sah in die Kanne. Probierte einen Schluck. Bitter. Er schüttete sie aus und ging zum Kühlschrank. Er nutzte die Zeit, um das Karacho in seinem Kopf zu bremsen.

»Will jemand ein Bier«, fragte er so gelassen wie irgend möglich. Larry wollte.

Daher hatte Wielack die Kohle! Er war sein Loddel. Die übliche miese Nummer. Wahrscheinlich brachte *er* ihm Freier aus den besseren Kreisen, und dann kassierte er ab. Drecksack! Und dieser kleine Zitteraal ließ sich abkassieren aus lauter gottverdammtem Schiß vor seiner Mama gottverdammtem Boß. Er spürte, wie Verachtung in ihm hochstieg. Und ihn hatte er auch angemacht wie jeden hergelaufenen Freier! Na warte, Bengel. Du kommst jetzt mit deiner Operette rüber, aber komplett. Ouvertüre und Finale und keine falschen Töne mehr. Die kannst du dir auf deiner *ieläktrick gitah* erlauben, aber nicht hier. Hier nicht!

Er sah Larry an. Es besserte seine Laune keineswegs, daß Larry womöglich – halt! Das hatte der Kleine behauptet! »Larry? *Kokst* du oder war das auch bloß ein Teil aus Röhms Dumping-Preis-Angebot?«

Larry hielt seinem Blick stand. »Of course«, grinste er und fing an zu singen: »Hey man, what's your style... how d'you get your kicks for living...« Dabei ließ er sein verführerisches weißes Gebiß wieder sehen.

Roboldts Blick verfinsterte sich. »So, Sascha«, sagte er, in einem Ton, der keine Hintertürchen ließ. »Jetzt kommt Ihr größter Auftritt. Sie werden jetzt erzählen, wovor Sie dauernd zittern.«

Sascha fing weisungsgemäß an. Zu zittern. Er jammerte, Roboldt müsse ihn unbedingt ins Hotel begleiten, er brauche sein Insulin. Der ganze Streß und überhaupt.

»Darüber können wir reden, aber hinterher«, schnitt Roboldt ihm das Wort ab.

Sascha starrte ihn an. Dann starrte er Larry an. Und dann griff er in die Gesäßtasche seiner Jeans und zerrte ein kleines Plastikviereck heraus. Er hatte es Wielack geklaut, aus dem Schreibtisch. Heute mittag, als er mit Wielack im CES-Büro gewesen war. »Ich wollt's Ihnen ja geben!« jaulte er. »Weil – die könn' dat sowieso gar nich gewesen sein, die Dinger. Dat sind sonne, die lösen sich doch gar nich auf im Wasser.«

Roboldt sah das Viereck an, dann Sascha. Von oben bis unten. Er überlegte blitzartig, ob er ihn zusammenstauchen sollte. Ob er wenigstens seinen Wutgefühlen freien Lauf lassen sollte. Vielleicht erzählte der dann endlich die wahre Geschichte. Aber er disponierte um.

»Larry, du paßt auf ihn auf, und ihr bleibt hier. Ich fahre in die

Keithstraße. Wenn jemand von uns anruft, Lietze zum Beispiel – sag ihr, wo ich bin. Sascha, kommen Sie die nächsten Stunden ohne Ihren Stoff aus? Können Sie das versuchen? Ins Hotel können Sie jetzt nicht zurück.«

Sascha nickte. »Dat mit dem Stoff geht klar«, sagte er kleinlaut. »Aber hah'm Se vielleicht iernkwo 'ne Tafel Schocklade?«

Roboldt hätte platzen können vor Wut. Er erklärte hastig, wo Sascha vielleicht etwas Süßes fand, gab Larry ein paar Anweisungen, riß seine Jacke vom Haken und stürmte aus der Wohnung.

LIETZE SCHOB DEN LIPPENSTIFT ZURÜCK in die Hülle, und warf ihn in die Tasche. Dann fuhr sie sich ein paarmal durch die kurzen blonden Haare, musterte ihr Gesicht, fand, daß der Pickel auf dem linken Nasenflügel immer noch leuchtete, und drehte den Rückspiegel wieder gerade. Sie griff nach der Tasche auf dem Beifahrersitz und stieg aus.

Die Tür vom *Potsdamer Abkommen* stand offen, ein paar Figuren im Gruftie-Look bildeten Grüppchen auf der Straße und redeten lebhaft aufeinander ein. Unerwartet dezente Musik drang aus dem Inneren. Das war doch – ja, sicher, *Take Five*! Das Schlagzeugsolo... Damals war sie so alt gewesen wie die Leute hier jetzt. Damals hatten Pickelchen zu ihrem Alltag gehört. Aber nachts im Jazzkeller waren sie immer kaum zu sehen gewesen.

In diesem roten Licht auch nicht, dachte sie erleichtert, als sie sich durch die Trauben von düster gekleideten Leuten ins Innere der Kneipe schob. Sie versuchte, sich umzusehen. Wahrscheinlich war er noch gar nicht da. Es war noch nicht ganz elf. Sie würde einmal die Runde machen. Sie konnte nicht warten. Sie wollte ihm nur sagen, daß auch der heutige Versuch, die »Szene in den Kasten zu kriegen«, ausfallen mußte. Kurz und schmerzhaft. Arbeit eben. Hoffentlich trug er es mit Anstand!

Das Saxophon setzte wieder ein. Lietze zwängte sich durch den Engpaß zwischen dem vorderen und dem hinteren Raum und starrte einen Augenblick belustigt auf die kleine Kanzel, die hinten rechts in der Ecke von der Wand zu hängen schien. Eine Frau in einer schwarzen Korsage und mit schwarzen Haaren jonglierte da oben mit Schallplatten. Etwas weiter links hing eine schwarz-rot-goldene Fahne mit einem Trauerflor. Überhaupt schien Tristesse über dem ganzen Raum zu brüten. War das Béatrice Bitterlichs Trauergemeinde? Oder war das einfach das Potsdamer Abkommen der achtziger Jahre, daß jede Äußerung von Lebenslust und Fröhlichkeit als unschicklich galt? »Wenn man abends mal flott machen wollte, denn jing man nach'm Potsdamer Platz«, hatte Jalta vor vielen Stunden seinen Großvater zitiert. Flott?

Sie entdeckte Kims Gesicht als erstes. Sofort wandte sie den Blick ab. Nach nebenan. Es *war* Klaus. Oder vielmehr Jalta. Ach, du Scheiße, dachte sie. Das ist ein Wespennest! Die beiden Mädchen mit dem blauen und dem gelben Kopf erkannte sie im selben Moment.

Jalta winkte aus der Tiefe seines Sitzelements, und die beiden BTMs drehten sich um. Oh Gott, dachte Lietze, den seligen Säugling hat er auch dabei. Hoffentlich fängt er nicht an zu weinen, wenn er erfährt –.

»Heh, Karin!« hörte sie. »Hier ist noch Platz.«

Die beiden Mädchen wandten sich demonstrativ von ihr ab und starrten böse zu Jalta herüber. Nur Kim sah einladend aus.

»Aber nich für Bullen«, zischte die Blaue hörbar.

Jalta schoß ihr einen Blick entgegen, um sie an das Versprechen zu erinnern. »Ich kann ja mal bekannt machen«, fing er mit leicht flatternden Stimmbändern an. »Karin – das sind Betty und Biggy von Berlins derzeit schärfster Rockband.«

»Klappe!« brummte Biggy.

»Und das ist Kim, eine Freundin von ihnen. Hat das Stück geschrieben, wo ich gerade den Clip für mache.«

Kim wehrte geschmeichelt ab und zwinkerte Lietze komplizenhaft zu. Betty und Biggy fixierten sie. Werd bloß nicht abtrünnig, signalisierten sie.

Lietze warf Jalta ein strahlendes Lächeln zu. »Ich bin Karin«, sagte sie in Kims Richtung. »Nachnamen können wir uns hier ja schenken, nicht?« Sie lächelte spöttisch in die blau-gelbe Richtung. Betty und Biggy hielten die Augen weiter auf Kim fixiert.

»Übrigens, damit Sie auch über *meinen* politischen Standort informiert sind: Ich bezweifle, daß die Arbeit von Mordkommissionen in absehbarer Zeit nicht mehr gefragt ist. Das dürfte selbst eine grüne Bundeskanzlerin überfordern«, sagte Lietze mit einem ironischen Unterton.

Jalta verfolgte unruhig die Blicke, die zwischen den Frauen hin- und herflogen. Er richtete sich auf, soweit die Enge es zuließ. »Darf ich als Mann mal 'ne Nebenfrage stellen?« fing er dann an. »Machen Sie eigentlich auch Vergewaltigung und so?«

Betty und Biggy sahen erst ihn, dann Lietze an. Kim lehnte sich zurück und versank in Lietzes Anblick.

»Nein«, antwortete Lietze zuvorkommend. »Wir versuchen lediglich, sie aufzuklären. Wollen Sie eine anzeigen?«

Die beiden BTMs warfen einen scharfen Blick zu Jaltas.

Jalta schüttelte den Kopf und zog es vor, sich einem Glas mit einer trüben blaugrünen Flüssigkeit zu widmen. Er starrte wütend ins Leere, während er trank. Die sollen gehen, die beiden, befand er. Die vermiesen mir die ganze Nummer. Sind doch zu blöde mit ihrer Bullenparanoia! Er fühlte sich ungerecht behandelt. Er hatte doch nur vermitteln wollen mit dem Thema Vergewaltigung. Und wieso ließ Karin ihn so abfahren? War die womöglich eifersüchtig? Auf die bleiche Tochter? Er versuchte, ihren Blick zu erwischen, aber sie schien sich intensiv mit Kim zu unterhalten. »Ein hübscher Name«, hörte er sie sagen.

»Hab ick mir zugelegt«, erklärte Kim leutselig. »Wissen Sie, ick hatte so'n treudeutschen Namen, eigentlich, und außerdem bin ick ooch für Männerhände viel zu zart, hähä.«

Lietze lachte freundlich, zwinkerte Kim zu und wandte sich endlich an Jalta. »Klaus, sagen Sie, könnte ich Sie einen Augenblick allein –«.

Sie kam nicht zu Ende, weil Betty und Biggy gleichzeitig aufsprangen. »Keen Problem«, tönte Betty, »wir ha'm sowieso wat Besseret vor.« Sie zog Biggy in Richtung Ausgang.

Kim seufzte. »Wer will schon Trouble mit die Schmiere«, sagte sie bedeutungsvoll. »Ick jeh mir ma die Neese pudern. Falls wir uns nich mehr sehn sollten – anjenehmet Verkehrschaos, wa?« Sie glitt aus dem Sesselersatz hoch und stakste auf ihren weißen Stiefeln die Treppe hinauf, vorbei an der Kanzel, wo sie der Dame in Schwarz einen Handkuß zuwarf.

»Klaus – ich bin nur gekommen, um Ihnen zu sagen –«, fing Lietze an und sah ihm ins Gesicht. Klaus sah aus dem Glas hoch. Er schien es zu ahnen. »Ich muß gleich wieder los. Arbeit.«

Sie beobachtete ihn. Unterdrückte ihren Wunsch, in eine Umarmung zu sinken. Wenigstens das. Sie wagte nicht einmal, ihn anzufassen. Aus Angst, daß das Ziehen im Bauch sich danach nicht mehr verdrängen lassen würde. Wenn ihre Hand erst einmal die Wärme seiner Haut zu spüren bekam... Wenn die Sandkörnchen, die gegen alle Gesetze der Schwerkraft die Innenseiten ihrer Schenkel hochrollten... Wenn man nicht mehr anders konnte, als es zu Ende bringen... Wenn...

»Fickt euch doch alle ins Knie«, hörte sie plötzlich von sehr weit entfernt. Sofort zerriß der feine Schleier. Das Ziehen wurde für den Bruchteil einer Sekunde zur Qual und war dann weg. Genauso wie Klaus.

Sie atmete ein paarmal tief durch und sah sich um. Niemand nahm besondere Notiz von ihr. Sie stand auf und machte sich auf die Suche nach Kim. Kim zog gerade ein flaches Papierviereck aus einem Automaten mit der Aufschrift SCHUTZMÄCHTE gegenüber den Klotüren im Durchgang.

»Hier«, sagte sie verschwörerisch zu Lietze und drückte ihr die Pappe in die Hand.

FREY'S GEFÜHLSECHT, las Lietze.

»Wenn schon, denn bitte mit«, grinste Kim. »Ick wollt'n dir gleich unauffällig inne Tasche schieben.«

Lietze starrte auf den Automaten. Jemand hatte einen Aufkleber in Augenhöhe angebracht. *Jute statt Plastik.* Plötzlich brach sie in hysterisches Gelächter aus. Kim zog sie in die Damentoilette und lehnte sich von innen gegen die Tür. Lietze drehte sich um die eigene Achse, preßte die Schenkel zusammen und lachte Tränen. Nein, weinte? Kim ging zu ihr. Streckte die Hände aus. Berührte Lietzes Schultern. Und Lietze ließ sich in ihre Arme sinken.

»Biege jemacht, wa?« fragte Kim, als das Schluchzen allmählich an Heftigkeit verlor. »Scheißkerl. Aber uff mir hört ja keener!«

Lietze war spürbar damit beschäftigt, sich zusammenzureißen. »Aber die Haut!« gurgelte es noch einmal kläglich aus Kims offener blauer Lederjacke. Dann erschien Lietzes Kopf, sie gab sich einen Ruck und verordnete sich Härte. »Wenigstens einmal probieren wird man doch wohl dürfen«, sagte sie herausfordernd. »Von Anfang bis Ende!«

Kim stieß einen leisen Pfiff aus und strahlte befriedigt. »Wann kapiert ihr sauberen Bräute eigentlich endlich mal, dis die alle impotent sind. Wie oft soll'n wa euch det noch ausposaunen!«

»Ach, Kim, nee –«, Lietze stockte. »Schluß jetzt. Fünf Minuten Pause sind schon viel zuviel. Ich darf hier überhaupt nicht sein. Ich wollte dir auch nur auf Wiedersehen sagen.«

Sie ging zum Spiegel und versuchte, ihr Gesicht wieder sozialverträglich zu gestalten. »Und noch was, Kim«, sagte sie, »ich bin nicht sicher, ob ich es schaffe, das Europacenter zu lancieren.«

»Macht nischt«, sagte Kim mit einem verträumten Blick. »Dafür jibt's jenug andere, die det machen. Willste hören, warum Wielack und die BTMs sich jetrennt haben?«

Lietze malte die Oberlippe zu Ende und machte sich an die Unterlippe. »Weil er irgendwann angefangen hat, sich für Männer zu interessieren«, kam es verzerrt aus einem halben bis dreiviertelroten Mund.

»Det ist die amtliche Version«, sagte Kim stolz. »Der hat Micky vergewaltigt. Die Kleenste. Da war die vierzehn! Verstehste?«

Lietze ließ augenblicklich das Papiertuch sinken, mit dem sie sich die verlaufene Wimperntusche abgewischt hatte. »Erzähl mir mehr«, befahl sie. »Und schnell.«

UM KURZ NACH HALB ZWÖLF rannte Lietze in die Eingangshalle der Keithstraße 30 und der Wachmann lief beflissen aus seinem Glashäuschen.

»'nahmt, Lietze!« salutierte er. »Kaffe jefällich?«

Lietze stutzte. Dann lachte sie, dankte und bestellte freundliche Grüße an den Kollegen Ritter. Wer alles auf Zigarren steht, grinste sie und stieg in den Fahrstuhl.

Roboldt plauderte im Diktatstil mit einem Telefonhörer, als sie die Tür zur Dienstzimmerflucht der M I/3 aufriß. Er legte sofort auf und stöhnte: »Da sind Sie ja! Ich war gerade beim dritten Lagebericht.«

»Bei dem letzten, den *ich* abgehört habe«, gab Lietze amüsiert zurück, »wollten Sie ratsuchend auf meinen Schoß. Ich wußte auch keinen, und Sie waren weg. Danach haben sich ein paar Ereignisse überstürzt. Hier bin ich. Haben Sie die Fahndung –?«

Aus dem Nebenzimmer kamen Fritz, in Jeans mit Bügelfalten und Bergauf-Schuhen, und Schade, die beim Gehen am Halfter und an einem überdimensionalen Herrenjackett herumzerrte. »Siehste, Detlev«, sagte sie und schlug mit der flachen Hand auf einer Beule unter der linken Brust herum, »ich hab's doch gesagt. Die feineren Leute kommen erst, wenn es wirklich losgeht.«

»Wir *haben* Wielack zur Fahndung ausgeschrieben«, fing KHK Roboldt an. Fritz zog einen schweren Parka aus dem Metallschrank. »Hab das mit Dettmann –«. Weiter kam er nicht.

KHK Fritz hatte sich plötzlich in eine Windmühle verwandelt. Er ruderte mit den Armen, um den Drahtbügel zu fassen zu kriegen, der sich beim Anziehen zwischen seinem Nacken und dem Parka verfangen hatte. Dann schepperte es, und seine Pistole rollte über das Linoleum.

»Lothar – reiß dich zusammen«, schnaufte KOK Schade. »Dienst ist Dienst, und Flachs ist Flachs!«

»Vielleicht bringt mich mal jemand auf den neuesten Stand. Ich hätte auch noch die eine oder andere –«. EKHK Lietze schwankte zwischen Dienst und Flachs.

Fritz hob die Pistole auf und steckte sie in die rechte Tasche des Parkas. »Beate läßt grüßen«, keuchte er mit hochroten Backen und nestelte seine Hundemarke in die linke. Der Parka hing rechts zehn Zentimeter tiefer.

»Kann ich jetzt mal Ruhe haben«, schnarrte Roboldt dazwischen. »Wir sind hier nicht bei Leyfried oder wie der heißt!«

»Augenblick«, sagte Lietze, »gehen wir rüber. Dettmann da?«

Roboldt griff wieder zum Telefon und wählte die Nummer des Kriminaloberrats. »Kommt sofort.«

Sie setzten sich um den großen Tisch für Frühstücke, Geburtstagsfeiern und Konferenzen, und Roboldt kam endlich zu seinem Vortrag.

»Haben Sie die PTU angerufen?« fragte Lietze, als er bei dem heruntergefallenen Glas angekommen war.

»Ich war sogar da!« antwortete Roboldt. »Und ich war vorhin in der Apotheke und habe einen Waschzettel von diesem BETACOR besorgt. Hier: Hervorragende Wirkung vor allem bei cardialen Arhythmien, Hypertonie und so weiter und so weiter. Und jetzt: *Sowie akuten phobischen Ängsten.*« Er zog einen Brief mit Tabletten aus der Tasche und warf ihn auf den Tisch.

»Von Wielack?« fragte Lietze und griff ebenfalls in die Tasche. »Der scheint ja regelrecht damit um sich zu schmeißen!«

Sie warf eine flache viereckige Schachtel daneben. Die drei anderen glotzten auf das Viereck. Fritz prustete als erster. Auf der Schachtel prangte in roten Buchstaben FREY'S GEFÜHLSECHT. Lietze spürte, wie allzu bekannte Sandkörnchen ihr diesmal den Hals hinaufrieselten. Jetzt waren sie schon über die Wangen verteilt und brannten. Eine Sekunde brauchte sie, dann griff sie wieder in die Tasche und warf noch ein Viereck auf den Tisch. Sie räusperte sich und lächelte freundlich in die Runde. »Fragen?«

In diesem Augenblick betrat KOR Albert Dettmann das Zimmer. Roboldt verlas, wie »Beta-Rezeptorenblocker« im allgemeinen und besonderen funktionieren. Lietze legte die flache Hand auf das falsche Viereck, zog es unauffällig unter den Tisch und ließ es in der Tasche verschwinden. Roboldt verfolgte ihre Bewegungen, bis Dettmann sich gesetzt hatte. »Und jetzt kommt's. Kontraindikationen. Diese Angstpillen sind nämlich nicht ohne.

Man darf sie nicht nehmen, wenn man folgendes hat: Asthma bronchiale –«.

»Frau Bitterlich scheint schwer erkältet gewesen zu sein«, fuhr Lietze dazwischen.

»Dann: Lungenemphysem, Bradykardie, AV-Block, was immer das heißen mag. Und: Herzinsuffizienz, Hypotonie und – Diabetes mellitus.« Er legte den Zettel beiseite. »Mit anderen Worten: Zucker!« setzte er nach. »Ich habe die PTU und die Gerichtsmedizin davon informiert. Es gibt verschiedene Präparate, Tabletten und Ampullen. Der Wirkstoff heißt Propanolol.«

»Gut. Sowohl Wielack als auch Frau Trübner-Zaecke wußten, daß entweder Röhm oder die Bitterlich Zucker hatten. Oder beide.« Lietze gab ihren Bericht knapp, präzis und konzentriert.

»Sollen wir Frau Zaecke auch zur Fahndung ausschreiben?« fragte Fritz, als sie sich zwischendurch ein Zigarillo anzündete.

»Ich bin noch nicht fertig, Fritz«, erwiderte Lietze kühl. »Ich habe noch etwas erfahren.«

Sie ließ ihren Blick nacheinander über Dettmann, Roboldt und Schade gleiten. Er ruhte auf Fritz, als sie sagte: »Hans-Jürgen Wielack ist dringend verdächtig, die jüngste der BTM-Schwestern vergewaltigt zu haben.«

Sie registrierte, wie Fritz zusammenzuckte.

»Die kleine Grüne. Vor gut einem Jahr. Sie war damals vierzehn.«

Schade starrte ins Leere und dachte an Regine Trübner-Zaeckes Aussagen. Wenn sie wirklich gestern abend im *Bellavista* Wielack unter Druck gesetzt hatte, wie Sascha behauptete, dann sollte sehr schnell jemand sie suchen gehen.

»Und ich habe bisher keinen Grund, daran zu zweifeln«, schloß Lietze ihre Ausführungen über Wielack ab.

Fritz, die rechte Hand fest in der Tasche des Parka, sprang auf. »Los!« knurrte er erregt. »Worauf warten wir eigentlich?«

Dettmann sah ihn an. »Fritz?« sagte er nach einer Pause, »setzen Sie sich hin und atmen Sie tief durch. Ich habe auch Töchter, und die waren auch mal in dem Alter.«

Fritz ließ sich wieder auf seinen Stuhl fallen und brummte vor sich hin.

»Ich halte eine Fahndung nach Frau Zaecke für nicht durchsetzbar«, fuhr Dettmann fort. »Wir lassen zunächst alles wie gehabt. Stille Fahndung über ISVB. Falls er nicht längst raus ist aus der Stadt. Haftbefehl und Durchsuchungsbeschluß sind in Arbeit. Ich rufe jetzt noch einmal den Staatsanwalt an und teile ihm die neuen Fakten mit. Lassen Sie es solange über Gefahr in Verzug laufen.« Er sah auf die Uhr. Null Uhr zwanzig. »Ich muß wieder rüber zu meinen Brandstiftern. Viel Glück!«

Schade stand auf. »Ich rufe jetzt die Zaecke an«, sagte sie und ging zu Lietzes Telefon.

»Wer war denn eigentlich bei Wielacks gemeldetem Wohnsitz?« fragte Lietze.

»Ich«, sagte Fritz. »Da wohnt aber seine Mutter, und die weiß von gar nichts. Behauptet, ihr Sohn sei schon lange nicht mehr da gewesen.«

»Verdammt nochmal, wieso hat eigentlich keiner mal die Idee gehabt herumzufragen, wo Wielack wirklich wohnt!« polterte Lietze plötzlich los und stand ebenfalls auf.

»Auch deswegen will ich die Zaecke kriegen«, sagte Schade und legte den Hörer wieder auf die Gabel. »Aber die ist auch ausgeflogen.«

»Also los«, raunzte Lietze weiter, während sie ihren Schreibtisch aufschloß. »Schade und Fritz ins *Bellavista*. Versuchen Sie, die Leute da auf die Nette dazu zu bringen, daß sie Sie in das Zimmer lassen. Auch in das von diesem Röhm, wenn's geht. Und dann suchen Sie Frau Zaecke. Und wir«, sie sah zu Roboldt, »fahren noch einmal zu dieser Mutter. Wie alt ist die?«

»Mindestens siebzig«, brummte Fritz.

»Und vermutlich *keine* Nachtschwärmerin«, sagte Lietze etwas ruhiger, nahm die Pistole aus dem Schreibtisch, legte das Magazin ein und überprüfte die Sicherung.

ZU FUSS liefen die drei Frauen die Rönnestraße Richtung Stuttgarter Platz hoch und bogen links in die Leonhardtstraße. Das Haus lag kurz vor der Kreuzung Holtzendorffstraße auf der linken Seite.

»Mach Licht an!« flüsterte die ältere Stimme, als die Haustür ins Schloß fiel.

Die zweite Frau suchte den Schalter, drückte und rempelte die dritte an. Sie deutete mit einer Kopfbewegung auf die Daisy-Duck-Füße, die eine halbe Treppe vor ihnen energisch die Holzstufen hinaufstampften, hinter sich eine schleppende Federboa. Im ersten Stock erklang gedämpft fernöstliche Musik. Die Zweite hielt das Ohr an die Tür. Die Dritte blähte die Backen und schlug sich die Hand vor den Mund, um nicht loszuplatzen. An der Tür hing ein großes selbstgemaltes Schild, auf dem in nachempfundenen goldenen indischen Schnörkeln SHIVAS TANZKÜCHE stand. Die Schritte, die man ebenfalls hören konnte, waren mitteleuropäisch plump und völlig aus dem Takt.

Die Ältere stand bereits im zweiten Stock. Hier war es vollkommen still. Die Zweite lauschte auch an dieser Tür. Niemand zu hören.

»Achtung!« sirrte die Ältere. »Maskieren!«

»Der erkennt uns doch sowieso«, protestierte die Dritte, die keine Lust hatte, sich die kunstvoll in alle Richtungen gezwirbelten Strähnen von einer Skimütze plattdrücken zu lassen.

»Ob dem Kerl noch irgendwer ein Wort glaubt, wenn wir auspacken, das ist sehr die Frage«, sirrte es angoraweich zurück. »Aber es könnte ja sein, daß er uns mit einem Fotoapparat empfängt.«

»Denn nehm' wa ihm den eben ooch ab!« versprach die dritte Haßkappe heldenhaft.

»Alles klar? Los!«

Die Zweite zog einen Messingring, der einem stilisierten Löwenkopf durch die Nase gehängt war. Darüber klebte ein kleiner grüner Plastikstreifen mit Prägebuchstaben: *seegers*. Sie zog zweimal kurz und einmal lang. Alle hielten den Atem an. Nichts rührte sich. Drei Paar wollgerahmte Augen starrten auf den messinggelben Löwenkopf und einen ebensolchen Briefschlitz.

Nach zwei gepreßten Atemzügen bückte sich die Zweite und hob ganz langsam die Klappe. »Ganz hinten is Licht«, flüsterte sie.

»Und wenn det doch Erwin is?« Die Dritte klang etwas ztu wollweich.

»Ist er nicht«, erwiderte die Ältere, »ich habe vor einer halben Stunde auf der Station angerufen. Er hat Dienst! Außerdem wohnt der bei seiner Freundin. Auch so'n Parasit!«

Die Zweite griff wieder zum Ring. Zweimal kurz, einmal lang. Nach einer weiteren quälenden Minute der Lähmung war das Geräusch schleppender Schritte zu hören. Sie kamen näher. Die Tür ging auf.

»Action!« summte es aus zwei Mützen.

Noch bevor er die Augen ganz offen hatte, hatten sie Wielack in den Flur zurückgeschubst und die Tür verriegelt. »So, Schätzchen«, rieselte es scharf aus einer Mütze, »heute gibt's Schwänzchen scheibchenweise.« Er bekam ein paar Federn in Mund und

Nase und spürte etwas Spitzes, Hartes im Rücken, das ihn vorwärtszwang.

»Los!« drängelte eine jüngere Stimme. Sie schubsten ihn in ein dunkles Zimmer am Ende des Flurs und machten Licht.

Wielacks Gesicht war blaurot und schweißüberströmt. Er faßte sich immer wieder an den Hals und japste. Das Hemd hing offen aus der Hose und gab einen weißen speckigen Bauch frei. »Ausziehen!« kam das Kommando. Zwei Haßkappen über Dschungeltarnanzügen postierten sich zu seinen Flanken und nahmen Drohgebärde an.

Wielack starrte in die dritte, die über einem Fallschirmspringeroverall mit Leopardenmuster saß. »Hähä, Kinder – wenn das ne Orgie werden soll, ich meine, könnte man die verschieben? Paßt mir heute gar nicht –«.

»Fresse!« zischte es. Der eine Dschungelanzug pumpte den Brustkorb noch breiter. »Ausziehen!«

Wielack glotzte von einer Skimütze zur andern. Die Wollrahmen regten sich nicht. Auch die Blicke zeigten keinerlei Verhandlungsbereitschaft an. Er zerrte sich das Hemd von den Schultern und hielt es beifallheischend hoch.

»Weiter!«

Die Hose war ein Problem. Sie ging nicht über die Schuhe, ohne daß Wielack ins Stolpern kam und umfiel. Er begriff allmählich, daß es ernst war. Sie standen über ihm. Er glotzte vom Teppichboden aus zu ihnen hoch. Der Schweiß brach ihm wieder aus, abwechselnd heiße und klirrkalte Schauer liefen von seinem Nacken über den Rücken und endeten irgendwo im Darm, ohne daß er sie genau hätte lokalisieren können. Er riß an den Schuhen herum. Wassertropfen rollten von seinen Haaren auf die Socken. Schließlich hatte er auch die Hose von den Beinen gestrampelt. Er saß auf dem Teppich und sah fragend nach oben. Die eine

Mütze gab ihm durch eine harte, knappe Bewegung zu verstehen, daß er aufstehen sollte. Er gehorchte. Umständlich wälzte er sich auf die Knie. Er faßte sich wieder an den Hals. Es war aus. Das Pochen wurde unerträglich. Zerriß ihm fast das Trommelfell. Herzschlag pur in Hunderten von Dezibel. Er keuchte und japste. Es war mindestens das Tournee-Equipment von Pink Floyd, das ihm von oben auf den Brustkorb drückte. Er stützte die Hände nach vorn auf den Boden. Ließ den Kopf hängen. Pink Floyd rutschten ihm in den Nacken. Er versuchte, langsam zu atmen. Schloß die Augen. Aus. Aus. Aus. Aus dieser Position drückte er sich allmählich hoch. Auf die Füße. Stand schwankend im Raum. Sah um sich. Wieder rotierte der Kopf eigenmächtig vom Körper weg. Dann zog er ihn mit sich, hinter sich her, auf den nächstbesten Stuhl.

Eine der Frauen löste eine mittlere Eisenkette von ihrem Hals, die andere öffnete das kleine Vorhängeschloß, das an ihrem Koppel baumelte. In Sekundenschnelle hatten sie ihm die Arme nach hinten gedreht und an der Lehne angekettet. Sein kurzer Schrei war fast nicht zu hören. Er nahm wie durch Kunsteisnebel wahr, wie der Fallschirmleopard eine Kassette aus der Tasche zog und einer anderen gab. Die ging damit zielsicher zur Stereoanlage, als ob sie sie kannte, drückte den Power-Knopf, legte die Kassette ein, drückte die Aufnahme- und Lauftaste gleichzeitig, schließlich Pause. Wielack sackten die Lider nach unten. Er kippte vornüber.

Die Frau hatte inzwischen auch das Mikrophon gefunden und eingestöpselt. Sie hing über dem Kassettendeck und war mit der Aussteuerung beschäftigt. Die beiden anderen tuschelten. »Kommt nicht in Frage!« ertönte es plötzlich wolligscharf. »Keinen Bedarf, mir das Gehänge auch noch anzukucken!«

Aus der anderen Mütze kicherte es. »Da brauchste sowieso 'n Mikroskop für.«

Jalta Blues

DIE LEICHE wurde erst am Montag gefunden. Rosemarie F. betrat die Wohnung gegen halb elf und ging sofort, nachdem sie ihre Tasche in die Küche gestellt und den Mantel aufgehängt hatte, ins Wohnzimmer, um zu lüften, bevor sie sich den Kittel anziehen und den Staubsauger aus der Speisekammer holen wollte. Hans-Jürgen Wielack lag in lehrbuchmäßiger Steißlage auf dem Teppich, nackt bis auf ein Paar *Calvin-Klein*-Boxershorts und ein Paar Seidensocken. Seine Hände hielten ein Hemd umklammert. Nach dem ersten Schreck rief Rosemarie F. eine Nummer an, die ihr vor einem knappen halben Jahr gegeben worden war, nachdem sie in aller Ahnungslosigkeit Beihilfe zum Diebstahl einiger Dosen mit Filmmaterial sowie einer 16-mm-Filmkamera geleistet hatte. Für den Fall, daß etwas Ungewöhnliches passierte.

Die Frau am anderen Ende der Leitung erklärte, daß Erwin Seegers Nachtdienst gehabt habe und schlafe, sagte aber sofort zu, ihn zu wecken und vorbeizuschicken. Rosemarie F., die grundsätzlich keine Stereoanlage anfaßte, aus Angst, etwas kaputtzumachen, zog einen Stecker aus der Wand. Sie empfand es als Energieverschwendung, daß die Anlage weiterlief. Dann ging sie in die Küche, um ihre Kaffeepause vorzuverlegen.

Erwin Seegers kam gegen elf und sah sich um. Er bemerkte den herausgezogenen Stecker nicht. Er stellte aber fest, daß ein bestimmtes kleines Heft nicht mehr in der Schublade eines Nachtschränkchens lag. Außerdem fand er, als er die Leiche von den Kleidern wegdrehte, eine Fotokopie mit dem Text:

Bald biste dran Schwanz

Die Leiche wies keinerlei äußere Einwirkung auf. Dem Aussehen nach schloß Seegers, gelernter Krankenpfleger und als solcher angestellt in der Rettungsstelle des Krankenhauses, zu dessen Einzugsbereich auch das *Hotel Bellavista* gehörte, auf einen Herzinfarkt. Vermutlich ausgelöst durch den Drohbrief. Er hatte Wielack seit Jahren geraten, sein Herz untersuchen zu lassen, erklärte er Rosemarie F. und rief die Feuerwehrzentrale an.

Der Funkstreifenwagen war noch vor dem Notarztwagen da.

»Sie haben ihn«, rief Lietze um 11.28 durch die Dienstzimmer der Mordkommission I/3.

Fritz ließ das Gutachten der PTU mit dem Nachweis des Wirkstoffes Propanolol an Glas und Flasche sinken und schoß ebenso schnell hoch wie sein Adrenalinspiegel. »Sollen ihn bloß festhalten!« schrie er, während er in Lietzes Zimmer lief.

»Nicht mehr nötig.« Lietze packte die Schachtel *Lucky Luciano* und das Feuerzeug in die Tasche und ging zum Schrank. »Er liegt tot in seiner Wohnung.«

»Wo?« fragte Roboldt.

»In seinem wirklichen Wohnsitz, wo er *nicht* gemeldet war.«

»Scheiße«, knurrte Schade. »Scheiße, Scheiße, Scheiße!«

Lietze gab in knappen Worten bekannt, was sie eben durch einen Anruf aus der Leonhardtstraße erfahren hatte, und schloß ihren Schreibtisch ab. »Los. Wenigstens, wenn es zu spät ist, wollen wir keine Zeit mehr verlieren.«

»Alles derselbe Mist«, knurrte Fritz Stunden später, als er eine volle große Plastiktüte mit BETACOR-Packungen und PROPABET-Ampullen aus dem Wielackschen Badezimmer sowie aus Schränken und Schubladen im Schlafzimmer und in der Küche gesammelt hatte. Dann stand er eine Zeitlang staunend vor einem Regal mit Dutzenden von Flaschen mit hochprozentigen Alkoholika in dem Zimmer, in dem die Leiche lag. Er packte nur eine halbleere ein. Die anderen waren alle unangebrochen. Ausnahmslos Wodka und Whisky. Der muß ein Faible für Säufer gehabt haben, dachte er und brachte die Tüten in den Flur.

»Vor zirka 20 Stunden«, antwortete der Gerichtsmediziner eben. »Plus minus eine. Akutes Herzversagen, so sieht's aus. Kucken sie sich mal das Gesicht an.«

Der Staatsanwalt sah nichts Besonderes. Lietze, die ein fotokopiertes Blatt in der Hand hielt, fand den Ausdruck auf Wielacks Gesicht ungewöhnlich, selbst wenn man die natürliche Verzerrung abzog. Er erinnerte an einen getretenen Hund. Irgendwie gedemütigt. Er paßte nicht zu der schleimigen Arroganz, die sie an Wielack kannte.

»Er litt unter Hochdruck«, sagte sie. »Er nahm wohl ständig dieses Zeug.« Sie hielt dem Gerichtsmediziner und dem Staatsanwalt eine Plastiktüte mit einem leeren BETACOR-Brief entgegen. Dann betrachtete sie wieder die Fotokopie.

»Schwer zu sagen.« Der Mediziner zuckte die Schultern. »Kann sein, daß er herzkrank war. Wir werden ja feststellen, ob er die da noch genommen hat. Und wieviel.«

»Reicht so ein Drohbrief für einen Infarkt?« fragte sie und hielt ihn ihm hin.

»Kommen Sie mal eben, Lietze?« rief Roboldt aus einer Ecke des Zimmers. Er zeigte ihr den herausgezogenen Stecker und verfolgte die Kabel bis zur Stereoanlage.

Lietze nickte, als sie die Kassette entdeckte. »Waren Sie hier schon dran?« fragte sie die Spurensicherer. »Dann machen Sie das erstmal. Stecker, Kassette und Gerät, bitte.«

Sie fuhr sich ein paarmal gedankenverloren über die Nase und grübelte. Dann gab sie den beiden Unformierten, die im Treppenhaus standen, den Auftrag, Frau F. und Herrn Seegers im Auge zu behalten, und zog sich zu einer kurzen Besprechung mit den drei Kollegen ins Schlafzimmer zurück. Wenn dieser Seegers tatsächlich jahrelang eine Wohnung auf seinen Namen mietete, aber kaum bewohnte, und wenn er mehr oder weniger illegal Wielacks Hausapotheke auffüllte, sogar mit Ampullen, dann mußte er ein sehr vertrautes Verhältnis mit Wielack gehabt haben. »Der kommt mit«, schloß sie.

Und Rosemarie F. hatte entweder doch engere Beziehungen zu den beiden Männern, als sie angegeben hatte, oder sie hatte einen anderen Grund gehabt, als erstes Seegers zu verständigen. »Schade, die nehmen wir uns eben nochmal vor. Und Sie«, sie wandte sich an Roboldt und Fritz, »hören die Kassette ab, wenn die mit den Fingerabdrücken fertig sind. Man muß dem Glück schließlich eine Chance geben.«

Rosemarie F. sah nach kurzer Zeit ein, daß sie schneller nach Hause kam, wenn sie die Geschichte des Einbruchs gleich erzählte. »Det konnte doch keen Mensch ahnen«, beteuerte sie. »Det sind annundpfirsich sehr nette Mädchen. Früher jingen die hier ein und aus. Ick dachte, det is schon recht, wenn die sich ihre Sachen holen kommen. Keene Ahnung, wie Filmdosen aussehen. Daß det 'ne Kamera war, wat der junge Mann da rausjetragen hat, det hab ick wohl jesehen. Da hab ick mir nischt bei jedacht. War auch ein Netter, hat mir gleich das Du anjeboten. Hübscher junger Mann«, lächelte sie, »jenau der Typ, mit dem ick früher jern ma mein Taschenjeld vernascht hätte.«

»Wie hieß er?«

»Na – weeß ick!« erwiderte Rosemarie empört. »Die ha'm doch keene Namen gesagt.«

»Und Sie haben ihn nie wieder gesehen?« Schade blieb beharrlich.

»Nee, wo denn?«

Lietze starrte teilnahmslos aus dem Küchenfenster. Dem Glück eine Chance. Phhh! Kamera und Du. Nie wieder. Es ergreift sie ja doch nicht, die Chance. Scheißglück. Kalte Wut kroch ihr die Beine hoch. Sie war sicher, daß Klaus dabeigewesen war.

»Ach, lassen wir den erstmal beiseite«, knurrte sie Schade an. »Ich denke, Sie können dann gehen, Frau – äh. Geben Sie meiner Kollegin Ihre Adresse.«

Als sie wieder ins Wohnzimmer kam, drückte Roboldt auf Stop und ließ die Kassette zurücklaufen.

»Was ist drauf?« fragte sie.

»Alles«, sagte Roboldt. »Hören Sie mal.« Er schaltete an. Das Gerät gab ein Bliup von sich, dann einen keuchenden, stammelnden Wielack. »Hab – das doch – für – Röhm – damit der – nicht – so flattert.« Bliup. Bliup.

»Trinkt doch – nicht – die Scheißschwuchtel – entartete Memme – Diabetes – Üff.« Bliup. Bliup.

»Was ist denn das immer für ein Geräusch dazwischen?« fragte Lietze gereizt.

»Hört sich an, als hätte jemand immer wieder das Mikrophon ausgestellt, um selber nicht mit aufs Band zu kommen«, erläuterte Roboldt.

»Rockstar – muß – saufen. Üff. Saufen! Alle richtigen – Kerle saufen. Hemingway – Lowry. Üff. Alle – paar – Wochen – 'n Entzug! Üff.« Bliup, Bliup.

»Aussehen wie – 'n Vollrausch. Üff. Das gibt – Schlagzeilen! Das hätte – ihn – verkauft. Paar Tage – im Krankenhaus – unter

Verschluß. Dann ich – paar Pressefritzen – handverlesen – selbstverständlich. Alkoholproblem – nur andeuten – unter Männern – verstehste – üff. Du weißt doch – selbst am – üff – besten, wie – die Journaille – tickt – was? Bloß was – dementieren – üff – und die hätten's – breitgetreten. Werbung – ohne Kosten. Üff!«

»Ich hatte recht!« sirrte es plötzlich dazwischen. »Du Schwein, du –«. Im selben Moment wußte Lietze auch, wo sie die seltsamen Schriftzeichen auf der Fotokopie schon einmal gesehen hatte.

»Mikro aus«, schrie es von hinten, ebenfalls aus einem weiblichen Mund. Bliup.

Lietze sah Roboldt an. Roboldt zeigte einen vielversprechenden Gesichtsausdruck. Bliup.

»Ich – hab – sie – nicht – üff. Der sollte – ich wollte – die hat doch – selber – üff – das Glas gegrapscht – üff – die geile – üff – Sau!«

Es dauerte mindestens zehn Minuten, bis er die Geschichte herausgequetscht hatte. Sie klang wie Durchfall und Verstopfung gleichzeitig.

»Bis hierher war ich«, sagte Roboldt und hielt das Band an. »Viel ist nicht mehr drauf.«

»Dann hören wir es jetzt zu Ende«, Lietze hielt die Schachtel Zigarillos in den Raum. »Ich will wissen, ob sie alle vier dabei waren!«

Niemand wollte rauchen, aber Fritz lief einen Aschenbecher holen. Als er zurückkam, drückte Roboldt wieder auf ON. Wielacks Männerphantasien wurden von einem verächtlichen »du schmierijer Loddel!« aus einem dritten Frauenmund unterbrochen. Es gab eine Pause. Dann Wielack: »Ich – hab dem – keine – Kunden –«, und eine der Frauen: »Aber Pornos drehen, wa?«

Die Frauen schienen vergessen zu haben, daß man das Mikrophon ausstellen konnte. Die zweite rief von hinten: »Die ha'm wir nemmich gefunden. Da kiekste, wa? Dein kleener Röhm unter irgendeim' geilen alten Bock. Wer war'n dette?«

»Ihr – seid – üff – Scheiße.«

»Komm, weiter, weiter«, sirrte es jetzt wieder von vorn. »Wieviel hast du kassiert, damit keiner erfährt, daß die schwul sind? Und Namen, wenn ich bitten darf.« Bliup.

Lietze sah Roboldt an. Roboldts Gesicht verfärbte sich zu einem seltsamen Grau mit einem grünen Stich.

Bliup. »– welche aus Bonn dabei?« sirrte es noch einmal.

Es folgte noch ein Wortschwall mit Pausen. Von einem Heft war die Rede, von einer Schublade in einem Nachtschränkchen. Sofort danach lief jemand hastig durch den Raum, eine Tür knallte. Wielack sagte sehr heftig: »Üff!« und schwieg dann. »Wir dürfen Micky nich verjessen«, sagte eine der beiden jüngeren Stimmen aufgeregt. »Wegen so 'ne Männerkisten sind wir eigentlich nicht da!« Es raschelte wie Papier, Schritte liefen wieder durch das Zimmer. Und dann kam das letzte Bliup.

Roboldt drückte auf OFF und zog sich einen rechten Handschuh an.

»Na, herzlichen Glückwunsch zu Ihrem kleinen Liebling«, sagte Lietze ironisch und beobachtete, wie er die Kassette aus dem Gerät nahm und einem Beamten von der Spurensicherung überbrachte.

»Wielack als Zuhälter wäre mir lieber gewesen«, gab er matt zurück.

»Kopf hoch, Kobold«, grinste Lietze und zwinkerte Sonja Schade zu. »Vielleicht hat er Sascha auch dazu erpreßt. Das wird der Staatsanwalt klären, und dabei werden Sie ihm wohl helfen müssen. In Zukunft«, schloß sie mit einem viel zu eisigen Ton in der Stimme, »sollten Sie sich Ihre Freunde auch ein bißchen genauer ankucken.«

ERWIN SEEGERS wurde zwei Unformierten anvertraut, die die Wohnungstür sicherten. Sie sollten ihn in die Keithstraße bringen. Fritz notierte Namen und Adresse von Seegers' Freundin.

»Alte Aufteilung oder wollen wir Frau Zaecke diesmal mit einem Macho-Aufgebot beglücken?« Lietze sah Roboldt und Schade an.

»Bin dagegen«, gab Schade giftig zurück. »Wir wollen deren Weltbild nicht auch noch fördern.«

»Also dann – Sie und Fritz zur Zaecke. Roboldt und ich nehmen die beiden ältesten BTM-Schwestern.«

»Dessauer Straße, nicht vergessen«, sagte Fritz freundlich. »Sollen wir die beiden Kleinen auch holen?«

»Erstmal nicht«, erwiderte Lietze. »Vermutlich waren nur die beiden anderen bei Wielack. Wer zuerst in der Keith ist – Seegers vernehmen!«

Sie wußte sehr wohl, daß sie in die Dessauer mußte. Und diesmal nicht allein. Was sie nicht wußte, war, ob Klaus Jaluschewski diesmal auch zu Hause war.

Er war. Er öffnete selbst die Tür und starrte in die Gesichter von Lietze und Roboldt sowie zwei uniformierten Polizisten. Er war nicht überrascht. Nur eine Sekunde lang irritiert.

»Kann ich Sie daran hindern, reinzukommen?« fragte er.

»Kaum«, erwiderte Lietze kühl. »Sie können sicher sein, daß wir den Durchsuchungsbeschluß schneller hierhaben, als Ihnen recht ist. Und daß wir nicht etwas so Auffälliges wie eine Filmkamera suchen. Wo sind die Zimmer von Bettina und Birgit?«

Sie wirkte müde, fand Roboldt, der sie beobachtete. Oder irgendwie unglücklich.

»Hier ist aber keiner da«, versuchte Jalta.

»Das macht nichts«, antwortete Lietze. »Sie können gern mitkommen und zukucken.«

Er murmelte etwas, das überlegen klingen sollte, als er in Bettys Zimmer herumstand und zusah, wie auf- und zugezogen und durchwühlt wurden.

»Gefahr im Verzug nennen Sie das, was?«

Lietze nickte und sah ihm einen kurzen Augenblick lang ins Gesicht.

»Wo sind denn die beiden BTMs?« fragte Roboldt.

Jalta zuckte die Schultern.

»Roboldt, fragen Sie artig, ob Sie mal telefonieren dürfen, und rufen Sie in Neukölln an. Sie haben doch zwanzig Pfennig dabei, nicht?« Lietzes Stimme wurde eisiger.

»Meine Nerven«, brummte Jalta, »die zwanzig Pfennig können Sie sich in die Haare schmieren! Is ja widerlich. Die Nummer steht im Flur auf der Tafel.«

»Vielen Dank, Herr Jaluschewski«, sagte Lietze, »soviel Gastfreundschaft tut gut. Sagen Sie mal, ist Ihnen ein Erwin Seegers bekannt?«

Jalta verzog das Gesicht zu einer Grimasse. »Allerdings. Wielacks Adjutant. Ein Kotzbrocken. War früher bei ihm angestellt. Sitzt seit Jahren in den Startlöchern für den nächsten Reibach.«

»Den Wielack mit Röhm vorhatte?«

»Wieso hatte?«

»Weil er nichts mehr vorhaben kann. Er ist tot.«

Jalta zuckte zusammen. »Und deswegen kommen Sie hierher?« sagte er empört. »Den sollten Sie sich mal genauer ankucken, diesen Seegers. Das ist die Sorte, die sogar beim Bundesgrenzschutz rausfliegt – wegen Suff. Wenn Sie da mal anfangen würden zu bohren, in diesen Löchern, dann –«.

»Dann?« Dann würde ich wohl vor Ihren Augen Gnade finden, was? dachte sie lauernd.

Aber Jalta schwieg.

»Haben *Sie* diesen Pornostreifen mit Röhm gefunden?«

Klaus sah sie an. Er nickte. Die beiden Uniformierten verließen Bettys Zimmer. Es klingelte an der Wohnungstür. Jalta griff rasch in die Tasche. Im Flur waren matt die Stimmen von Roboldt und zwei jungen Frauen zu hören. Die beiden Uniformierten gingen nicht in Biggys Zimmer, sondern ebenfalls in den Flur.

Jalta überlegte. Dann reichte er Lietze einen kleinen Kasten. »Hier, das wollte ich Ihnen schenken. Wegen Sonnabend. Ich hab mich blöd benommen«, sagte er kleinlaut. »Ich war sauer, ich wollte – ach, Scheiße! Ich hatte mich gefreut. Auf Sie. Und –«.

Lietze merkte, wie sie nervös wurde. Reiß dich am Riemen, befahl sie sich. Keine Sentimentalitäten mehr. »Was ist das?« fragte sie barsch.

»Ein elektronisches Notizbuch.« Es klang fast, als bekäme er neue Hoffnung. »Dann brauchen Sie nicht mehr mitzuschreiben.«

»Haben Sie das auch geklaut?« erwiderte sie eisig.

Er sagte nichts.

»Stecken Sie das ganz schnell wieder ein, bevor ich auf die Idee komme, daß dies ein Bestechungsversuch sein könnte!« Sie ging zur Tür.

»Dann schmeiß ich's weg!« sagte er wehleidig.

Roboldt reichte ihr einen handgetippten Zettel, als sie in die Küche kam. Am unteren Rand des Blattes prangte eine Schrift, die sich mit einigem Wohlwollen als Wielacks Autogramm und das Datum des 27. September 1986 entziffern ließ.

»Na also!« sagte Lietze, aber es klang nicht wie sonst, wenn ein Fall vor dem Abschluß stand. Es klang lustlos. »Sogar an das Datum haben Sie gedacht!«

Betty warf ihr einen haßerfüllten Blick zu und drehte demonstrativ das Gesicht zum Fenster. Biggy schluchzte vor sich hin.

»War wohl zu umständlich, auch dieses sogenannte Geständnis aus der SWB-Speisekarte zusammenzukleben, was? Wissen Sie was? Sie hätten sich auch das Tippen sparen können. Sie hätten einfach vor einem halben Jahr das Maul auftun sollen. Aber manche Leute müssen offenbar alles selber machen!«

Sie klang gereizt. Sie hätte sie alle ohrfeigen können. Angefangen sich selbst.

DIE ZAECKE war verschwunden, ohne daß ihr hübscher Sohn hätte sagen können, wohin. Vielleicht wollte er auch nicht. Auch Erwin Seegers erwies sich als nicht sehr kooperationsbereit. Fritz hatte ihn nach Hause geschickt und gebeten, vorerst erreichbar zu bleiben.

»Wer weiß, ob wir den überhaupt noch brauchen«, sagte Lietze zu Schade. »Vielleicht erzählen die beiden Schwestern uns den Rest der Geschichte. Oder wenigstens die eine.«

»Die Blaue oder die Gelbe?« fragte Fritz.

»Die Gelbe«, erwiderte Lietze. »Fahren Sie mit Fritz nach Neukölln und holen Sie die Mutter. Die sind doch erst siebzehn. Überlegen Sie, ob Sie die beiden Kleinen mitbringen. Ich denke, wir brauchen sie nicht. Sie waren nicht dabei. Und ich weiß nicht, wieviel sie noch verkraften.«

Sie spannte die Armmuskeln und drückte die Ellbogen nach hinten, während sie in ihr Zimmer zurückging, wo Roboldt und Mimi mit den beiden ältesten BTMs saßen. Verdammt schwer, so eine Kiste Bier! Halt – wie kriege ich die überhaupt hin zu – oh Gott, wie heißt der denn wieder, der Polizeihauptkommissar mit den zwanzig Dienstjahren –. Sie lief in das Zimmer von Schade und Fritz zurück. Die beiden zogen sich gerade an und wollten gehen. »Muß eben mal telefonieren«, Lietze nahm den Hörer von

Schades Apparat. Sie wählte erst, als sie die Tür klappen hörte. »Müller? Na – schon am Feiern?«

Sie hatten offenbar gerade ein kaltes Büfett zum Verzehr freigegeben. Lietze hörte Geschirrgeklapper aus dem Hintergrund.

»Sie haben's gut«, sagte sie betont neidisch. »Nix zu tun heute, was? Wir dagegen...«

Müller protestierte schwach. Da sei irgendetwas beim Europacenter, aber erst nachmittags. Aber vielleicht auch nicht, vielleicht war es bloß wieder eine Ente von diesen Pressefritzen.

»Was denn?« fragte Lietze beiläufig.

Das wußte Müller auch nicht genau. Von einer Aktion sei die Rede gewesen. Und zwar von – äh, naja, von Huren. Ob sie sich vorstellen könnte, daß die jetzt auch schon Aktionen machten?

»Nein«, sagte Lietze lachend. »Ganz und gar nicht. Das ist bestimmt eine Presse-Ente. Da haben Sie völlig recht, Müller. Sagen Sie mal, darf ich Sie nochmal mißbrauchen? Ich kriege den Kasten nicht rüber, muß sofort zu einer Vernehmung. Wir stehen hier kurz vor dem Abschluß, Sie verstehen?«

Müller verstand, selbstredend. Er versprach, einen Kollegen herüberzuschicken und den Kasten abholen zu lassen. Er versprach auch, es nicht an die große Glocke zu hängen.

Die sollen ruhig eine Weile raten, von wem das Bier und der Cognac kommen, dachte Lietze belustigt, als sie einhängte. Dann haben sie den ganzen Nachmittag zu tun. Sie drückte die Tür zu ihrem Zimmer auf.

»Der war doch lebendig, als wir weg sind!« schluchzte Biggy gerade und trompetete in ein großes Taschentuch, das sie aus der Brusttasche ihres Dschungelanzugs gezogen hatte. »Der hat doch noch die janzen Tabletten gefressen!«

Ihre Schwester saß mit zusammengebissenen Zähnen starr auf dem Stuhl und verweigerte jede Auskunft.

»Sie gehen doch besser solange nach draußen«, fuhr Lietze sie an und riß die Tür zum Korridor auf, um einen Uniformierten zu holen.

Betty bekam endlich die Zähne auseinander. »Kommt überhaupt nich in Frage!« trumpfte sie auf. »Damit ihr Biggy hier ohne Zeugen inne Mangel nehmen könnt, wie?«

»Dann machen Sie selbst den Mund auf«, herrschte Lietze sie an und schlug die Tür wieder zu. »Sie haben die Wahl. Und tun Sie es schnell, bevor Ihre Mutter und vielleicht Ihre kleinen Schwestern hier aufkreuzen und alles mitanhören müssen.«

Roboldt sah Lietze an.

Mimi Jacob legte den Stift aus der Hand und schüttelte fast unmerklich den Kopf.

»Haben Sie sie aufgeklärt, daß sie hier als Verdächtige vernommen werden?« knurrte Lietze Roboldt an.

Der knurrte zurück. »Na klar. Und einen Anwalt wollen sie auch nicht.«

»Wir können uns keinen leisten«, erklärte Betty stolz.

»So kommen wir nicht weiter, junge Damen!« Lietze nahm eine *Lucky Luciano* und hielt Betty und Biggy die Schachtel hin. »Rauchen Sie?« Sie gab sich Mühe, freundlich zu klingen.

»Von Ihnen nehm' wir jar nischt!« zischte Betty.

Biggy schien gern etwas rauchen zu wollen, zuckte aber zusammen und lehnte ab.

Lietze zündete das Zigarillo an und paffte. »Es sind zwei Menschen gestorben in den letzten drei Tagen. Und zwar auf nicht besonders natürliche Weise. Sie sitzen hier in einem Mordkommissariat, und das hat sich – wie der Name schon sagt – mit Morden zu befassen.« Sie hielt inne und beobachtete, wie Biggy zu zittern anfing.

»Vielleicht nehmen Sie von mir eine Zigarette?« schaltete sich eine Balsamstimme ein. Mimi Jacob hielt Biggy und Betty eine Schachtel Filterzigaretten entgegen.

Biggy griff zu.

Lietze gab ihr Feuer.

Betty beobachtete die Szene böse.

»Wir wollten doch bloß –«, fing Biggy an.

»Halt die Klappe!« zischte Betty.

Biggy fing wieder an zu bibbern. Tränen tropften auf die Zigarette. »Is doch – chchch – Quatsch – Betty!« schluchzte sie. »Die – chch – krieng det – ch – eh raus.« Sie legte die nasse Zigarette auf den Aschenbecherrand und trompetete wieder ins Taschentuch. Sie brauchte einen Augenblick, bevor sie sich gesammelt hatte. »Wir wollten eigentlich bloß dem Schwein einen reinhängen. Wegen Micky. Der sollte det Ding unterschreiben, daß er se, also – chch – Scheiße! Wat er mit ihr jemacht hat. Das Dreckschwein!«

»Warum sind Sie damit nicht zu uns gekommen?« fragte Roboldt sanft.

Betty schoß ihm einen bösen Blick zu.

»Weil Micky det nich wollte«, fing Biggy wieder an. »Die wollte einfach nischt mehr davon hören.«

»Lasset, Biggy, det kapiern die Wichser hier sowieso nich.«

»Aber den Bruch hat sie mitgemacht, ja? Die Filmrollen, die Kamera, hm?«

Biggy sah Lietze an, dann Betty.

Betty zuckte die Schultern und brummte: »Jalta ist ooch 'n Schwein.«

»Die Putzfrau von Herrn Wielack«, sagte Lietze kühl, »konnte sich noch sehr genau erinnern.«

»Der Wielack sollte wenigstens unsern Film rausrücken«, rief Biggy erregt. »Der sollte uns nich *allet* kaputtmachen!«

»Und wieso jetzt dieser Drohbrief, dieses Geständnis, die ganze Aktion?« fragte Roboldt.

»Det mit der Drohung, det hatten wir schon lange vor. Wir wollten ihm erst wat anne Tür malen und ihm seine blöde Kutsche zertrümmern. Aber irgendwie – det hätte doch keen Mensch kapiert.« Sie sah erwartungsvoll zu Roboldt.

»Wer ist auf dieses Geständnis gekommen?« fragte Lietze.

»Micky«, sagte Biggy. »Det is 'n Vertrag. Wir wollten ihm den bei der Promoparty unter die Nase halten. Aber denn –«.

»Dann kam Ihnen Ihre Freundin Béatrice dazwischen?«

Betty sprang auf. »Det war nich unsere Freundin!« schrie sie. »Ihr Bullen habt doch überhaupt keene Ahnung!«

Lietze lächelte sie an. »Erzählen Sie ruhig weiter«, sagte sie aufmunternd.

»Ihnen schon jar nich!« zischte Betty.

»Aber mir vielleicht«, bot Roboldt an. »Also – was war Freitag abend?«

Biggy stand auf und hing sich bei Betty in den Arm. Betty drückte sie und sah sie ratlos an. Biggy schluchzte wieder heftiger. »Na, schön«, maulte Betty schließlich. »Bringen wa't hinter uns. Ob nu eene singt oder alle beede, is ooch ejal.«

Sie hielt Biggy im Arm, während sie erzählte, daß Regine an jenem Abend Wielack weichklopfen und Béatrice Bitterlich überreden sollte, die BTMs bei PUZ zu »fietschern«. Sie hatten ihn irgendwann später dazu bringen wollen, das von Micky geschriebene Geständnis zu unterschreiben. Wenn nicht, wollten sie ihm sagen, dann könnte er die ganze Geschichte demnächst exklusiv im »Wochenspiegel« lesen und bei PUZ hören. »Stereo, am selben Tag, falls Se 'ne unjefähre Vorstellung von Musik haben«, schloß Betty vorerst hochnäsig.

Biggy hatte aufgehört zu schluchzen.

»Und weiter«, drängte Roboldt.

»Nischt weiter, plötzlich waren überall die Scheißbullen, und die Bitterlich war tot!«

»Und wann sind Sie auf die Idee gekommen, mit diesem Drohbrief an Wielack und diesem ganzen Zinnober, meine ich?«

»Det war doch Rejine!« rief Biggy. »*Die* hat sich det ausgedacht. Die hat doch gleich jewußt, daß der die Bitterlich umjebracht hat.«

»Und damit hat se ja wohl richtig jelegen«, trumpfte Betty auf.

»Wir meinen dieselbe, ja? Frau Zaecke?« schaltete sich Lietze wieder ein. »Wo ist sie eigentlich?«

»In Hamburg!« antwortete Biggy brav.

»Hat da 'n Termin«, fuhr Betty schnell dazwischen.

»Aha«, sagte Lietze und sah beide an, »in Hamburg. Einen Termin, so so. Dann ist meine nächste Frage wohl überflüssig. Wer hat die Liste?«

»Wat für 'ne Liste?« Betty war schneller als Biggy.

»Frau Zaecke also«, schloß Lietze aus Biggys ängstlichem Blick. »Sehen Sie, Sie brauchen gar nicht viel zu sagen. Wann wollte sie wiederkommen?«

»Det möcht ick ooch ma wissen«, sagte Biggy. »Die hat uns det allet einjebrockt, und denn haut se einfach ab und kassiert selber oder wat?«

»Was ich noch immer nicht verstanden habe«, meldete sich Roboldt wieder, »wieso haben Sie eigentlich mitgemacht bei dieser Sache. Die Vergewaltigung lag lange zurück. Micky wollte nichts damit zu tun haben. Ich meine, wenn Frau Zaecke der Meinung war, Rache für ihre verstorbene Freundin nehmen zu müssen – was haben *Sie* damit zu tun?«

»Naja«, sagte Biggy schließlich, weil Betty nur aus dem Fenster starrte und aussah, als ob sie auch gleich zu schluchzen anfangen würde, »die hat ehmt 'ne tolle Idee jehabt, ne? Die hat jesagt, det wir wenigstens so noch Kohle für uns rausholen könnten. Der Ha-Jott hat uns doch rausjeschmissen, einfach so. Ohne een Pfennig. Wir hatten ja nie 'n Vertrag mit dem jehabt. Und da hat Rejine jesagt, denn nehmt ihr det als Vertrag, ne? Det Jeständnis. Und dann ha'm wa'n inner Hand, und denn muß er löhnen. Allet, wat wir brauchen für unsern Clip. Allet, wat er mit seinem Ruhrspatz da schaufelt, wa?«

MONTAG NACHMITTAG GEGEN 16.00 fuhr in ungewöhnlich kurzen Abständen ein grün-weißer Bulli immer wieder um das Europacenter herum. Er fiel nur wenigen der Leute auf, die in mehreren Etagen den Wasserklops bevölkerten oder auf den Stufen der Gedächtniskirche saßen oder einfach über den Breitscheidplatz zwischen Budapester Straße und Kurfürstendamm gingen. Noch weniger Leute bemerkten, daß die Fahrer des Wagens mit manchen Leuten auf dem Platz Zeichen austauschten. Zu diesen wenigen gehörte ein Team der *Berliner Abendschau* und zwei freie Mitarbeiter des PUZ-Magazins, die sich besonders auffällig benahmen und zufrieden grinsten, als sie bemerkten, daß sie bemerkt wurden.

An einem Infotisch vor der Gedächtniskirche standen ein paar Männer, die besonders unauffällig auszusehen versuchten. Es war der Tisch einer sogenannten Arbeitslosinneninitiative der neuen Basisgruppe einer sozialistischen Frauenorganisation älteren Zuschnitts; ein Transparent proklamierte »Arbeitsplätze für alle Frauen« gegen »die Schmach, auf den Strich zu gehen«.

»Ausgerechnet da lungern die Zivis rum«, freute sich die freie Mitarbeiterin von PUZ. »Die sind doch zu blöd.«

»Sei doch froh«, grinste ihr Kollege, der das Tonband über die

Schulter gehängt hatte, »daß die sich bei Frauen nicht auskennen. Dann rennen sie voll in die Falle.«

»Bloß komisch, daß kaum Uniformierte da sind. Keine Wanne, nischt.«

Etwa ab 16.20 geschahen auch etwa zwei Kilometer weiter südöstlich, auf einem Stück der Potsdamer Straße zwischen der Bülowstraße und der Alvenslebenstraße, seltsame Dinge, die ebenfalls nur von den wenigen Leuten bemerkt wurden, die die Potse zu Fuß oder in Autos entlanghasteten, um nach Hause zu kommen und ihren Feierabend zu genießen. Jedenfalls zunächst. Erst als die Kleinlastwagen verschiedener Fernsehsender und der Übertragungswagen des SWB die zweite Spur auf etwa fünfzig Meter blockiert hatten und nach und nach Leute mit mehreren Fotoapparaten um den Hals und Kopfhörern auf den Ohren auf ein Haus zuströmten, über dessen großer Fensterscheibe der Schriftzug BAR JEDER EROTIK strahlte, aus Neon und im Stil einer Pelzladenreklame der frühen fünfziger Jahre, erst da blieben die ersten Passanten stehen, fingen die ersten Hupkonzerte an.

Vor der BAR JEDER EROTIK stellten Frauen mit Faschingsmasken und -perücken in Windeseile zwei Tapetentische auf und belegten sie mit bedruckten T-Shirts in drei Größen. S, M und L. Dann stellten sie eine große Pappschachtel mit Hunderten von rot-weißen viereckigen Gegenständen drin dazu. Auf ihr stand handgemalt »Gummi statt Naß-Fick«.

Währenddessen bauten andere maskierte Frauen Transparente zusammen. MIGRÄNE – PARTEIISCH, PRAKTISCH, GUT! stand auf einem, GUMMIS – *DER* SPERRBEZIRK FÜR AIDS! ANDERE BRAUCHT KEIN MENSCH! auf einem anderen und ÜBER *UNS* BRAUCHEN SIE SICH IHREN KOPF NICHT ZERBRECHEN – MIGRÄNE auf dem nächsten.

Innerhalb kürzester Zeit war der Bürgersteig vollkommen verstopft. Wortfetzen in mehreren Sprachen schwirrten hin und her, hastig rannten die etwa zwanzig maskierten Frauen und die mindestens dreißig Nachrichtenjäger durcheinander. Verhandlungen wurden schreiend geführt.

Plötzlich ertönte eine Megaphonstimme. »Isch sags jetzt noch einmal für allö döitlisch – für allö Press-Löite! Wir sagön kein Wort gratis. Wir könnön uns das nischt leistön, solange wir müssön selber die réclame bezahlön, die der Staat müßtö bezahlön! Wir réclamierön für jede Foto 'undert Mark, für jede Ienterviuh mit Radio zwei'undert und mit télévision drei'undert, wenn wir sollön die Masken abnehmön. Pro Kopf naturellement!«

Aus sämtlichen Masken kam Beifallsgeschrei. »Yeah – right on!« rief eine Stimme wie rauher Samt. Kreischen, Juchzen und Klatschen aus allen Ecken. Unter den Professionellen mit den Aufnahmegeräten ging Geraune und Geschiebe los.

»Ah –«, ergänzte die französische Stimme, »'ier sind viele Bankön in der Nähe. Und s'il vous plaît, sagen Sie den Damen und 'erren beim Geld'olön, daß *wir* machön Ihn' diese Geschäft. Sie können sisch gern revanchierön – wir 'aben ein Spend-Konto.«

Das Gekreisch und Gekicher schwoll wieder an. Die ersten Passanten wagten sich an die Verkaufstische vor. Die ersten T-Shirts wurden verkauft, jedes zusammen mit einem Tütchen aus der Pappschachtel. Die ersten spontanen Spenden gingen ein. Niemand, außer einigen der Maskierten, bemerkte, wie aus einer offenen Tür im zweiten Stock mit einer gußeisernen Zierbalustrade davor ein grüngetupfter, grellrosafarbener schlaffer Sack gedrückt wurde. Er war mit mehreren Schnüren an die Balustrade gebunden. Als er ganz draußen hing, fing er an, sich aufzublähen. Er wurde stetig praller.

Das Hupen kam aus immer größeren Entfernungen, in unmittelbarer Nähe standen die Autos ineinanderverkeilt auf den vier Fahrspuren der Potsdamer Straße. Auf der gegenüberliegenden Straßenseite hingen Trauben von Menschen aus offenen Fenstern. Geschäfte ließen hastig die Rolläden herunterknallen, aber niemand achtete darauf. Alles, was sich im Umkreis von fünf Metern um die BAR JEDER EROTIK herum bewegt hatte, stand mit heruntergeklappten Kinnladen da und starrte nach oben: Auf die Tür im zweiten Stock, an deren Gußeisenstäben ein gigantisches, aufgeblasenes grellrosa Kondom hing, das sich langsam, langsam nach oben arbeitete. Noch war die kleine Extratüte an der Spitze schlaff, aber die grellgrünen Buchstaben ließen sich bereits erkennen. WENN DU ZUM WEIBE GEHST stand über die ganzen etwa fünf Meter Länge.

Es gab Beifall, Gejohle, Gelächter. Kameras surrten, Filmteams schubsten sich gegenseitig aus dem Weg, Fotoapparate klickten oder schnurrten hektisch, Stimmen von Leuten mit Kopfhörern überschlugen sich. Die Maskierten unterbrachen ihre Verkaufs- und Diskussionsaktivitäten, fielen sich gegenseitig in die Arme, heulten, kreischten, lachten und sprangen in die Luft.

»Umdrehen!«

»Die andere Seite auch!«

»Wie jeht 'n det weiter?«

Die Zuschauer brüllten durcheinander und verlangten nach mehr. »Abwarten!« kam es vom zweiten Stock aus zurück. Mittlerweile hatten einzelne Maskierte unter dem Beifall der anderen Geldscheine in der Luft geschwenkt und die Masken abgenommen. Wieder klickte und surrte es. Frage-und-Antwort-Spiele gingen hin und her.

Eine etwa vierzigjährige stattliche Frau mit leuchtenden graugrünen Augen und einem kirschroten Mund, der vor Stolz fast auseinanderriß, schob ein paar Scheine in eine goldene Tasche, schüttelte würdevoll die rote Lockenpracht und wandte sich zur Kamera. Nebenan erklärte eine etwa zwanzigjährige hagere Neonblondine in schwarzer Ledermonteur einer anderen Kamera die Hintergründe.

»Eh – da!« schrien plötzlich mehrere.

Ein paar maskierte Frauen in der Tür im zweiten Stock zerrten mit aller Kraft an den Seilen des Riesenkondoms herum.

»Sollen wa helfen?«

»Vorwärts, Mädels!«

Skandierte Haurucks und Anfeuerungsrufe prasselten von allen Seiten. Jemand fing an, den Sportpalastwalzer zu pfeifen, ein paar pfiffen mit. Und endlich drehte sich der schönste Zeppelin, der je über Berliner Häuser geschwebt war. Das Gelächter kam donnernd, manche trampelten vor Begeisterung mit den Füßen. Autofahrer stiegen aus und lehnten sich an ihre Wagen, um dem Schauspiel in aller möglichen Bequemlichkeit folgen zu können. Etwa vier Meter über dem Dach des renovierten Gründerzeithauses in der Potsdamer Straße schwebte ein Kondom, dessen Rückseite empfahl: VERGISS DEN GUMMI NICHT!

Es gab, soweit man es mit den geballten Funk- und Fernsehmikrophonen vor der BAR JEDER EROTIK hören konnte, keine einzige Proteststimme. Es gab auch über die gesamte Fläche von der Kreuzung Bülowstraße bis zur Alvensleben-/Winterfeldstraße kaum Platz für eventuelle Ordnungsmächte. Am Tag des MIGRÄNE-Zeppelins war die sanierte Potse aus den Ordnungsangeln gehoben. Und das war in Ordnung so, nach der einhelligen demokratischen Meinung der Bevölkerung, die das Glück hatte, dabeisein zu dürfen.

»MIMI?« Lietze erschien im Schreibzimmer. »Haben Sie nicht neulich nacht was von einem kräftigen Schluck gesagt?«

Mimi Jacob sah von der Schreibmaschine auf. Sie warf einen besorgten Blick auf Lietze und lächelte. »Wollen Sie wirklich einen, Karin?« sagte die beste Schreibkraft von allen und musterte ihr Gesicht. »Oder haben Sie bloß Angst, daß ich die Kaffeemaschine –«.

»Nein«, knurrte Lietze. »Nein, Mimi, ich brauche einen Schnaps. Meine Zigarren sind alle, und ich muß jetzt irgendwas zum Beruhigen haben.«

Mimi holte die Flasche aus ihrem Schreibtisch und schenkte ein Glas voll.

»Sie nicht?«

»Nein«, antwortete Mimi. »Ich *bin* ruhig.« Sie reichte ihr das Glas und beobachtete sie. »Karin?« fragte sie nach einer Weile, als Lietze noch immer unschlüssig herumstand, »wofür haben Sie eigentlich neulich mein *Opium* gebraucht?«

»Wie bitte?«

»Mein Parfum. Ich habe es gerochen, Freitag nacht.«

Lietze sah sie erstaunt an und wich ihrem Blick aus. Alle schienen die besseren Nasen zu haben! Sie ging ein paar Schritte durch das Schreibzimmer, blieb vor der Kaffeemaschine stehen, gab ihr einen wütenden, aber nicht sehr mutigen Klaps und kehrte wieder an die Tür zurück.

»Vergessen Sie es. Es hat auch nichts genützt«, sagte sie leise. »Außerdem steht es mir nicht. Ich bin wohl mehr für eine strenge Herrenserie geeignet.« Sie versuchte zu grinsen.

Mimi saß wieder an der Schreibmaschine und wartete.

Lietze fing ihren Blick auf. »Dieser ganze Fall ist danebengegangen. Zwei Leichen, die keiner beabsichtigt hat. Meine Nase piekt von Anfang an und kriegt auch noch einen roten Alarmknopf, aber ich höre nicht richtig hin. Vier kleine Mädchen, die ja ganz offensichtlich begabt sind und tun, was ihnen Spaß macht, und eine vernagelte Theologin des Feminismus finden sich zusammen und spielen Jüngstes Gericht. Rache – tja!«

Sie ließ sich auf den Stuhl vor Mimis Schreibtisch fallen und den Kopf auf die Hand sinken. »Rache ist toll, klar. Rache ist einfach. Man braucht nur *einen* Gedanken, einen einzigen, und basta. Und dabei geht ein Mensch hops, macht ja nichts, der hat ja vorher auch schon mindestens zwei Menschen hopsgehen lassen. Und das Allerschlimmste ist, auf diese Weise wird diese Kleine, Micky, doch nicht glücklich! Mein Gott, fünfzehn Jahre! Mimi – wo waren wir mit fünfzehn?«

»Ich im Kibbuz«, lächelte Mimi. »Ungefähr um die Zeit habe ich gebetet, daß ich nicht sterbe, bevor ich lernen darf, mit der Waffe umzugehen.«

Lietze hob den Kopf. »Und – haben Sie es gelernt?«

»Nein«, erwiderte Mimi, und selbst diese unauffällige eine Silbe hatte eine Melodie, »kurz danach haben wir einen Krieg gewonnen. Und als ich eingezogen werden sollte, wollte ich nicht mehr.«

Die Tür ging auf und Roboldt kam herein.

»Hamburg ist verständigt«, sagte er. »Fahndung läuft auch. Tja, die Jugend scheint besser mit der ganzen Sache klarzukommen als wir, was, Chef?«

»Vor allem die Kleine«, ergänzte Mimi. »Der schien die ganze Verhörerei gar nichts auszumachen. Sie kam mir fast – stolz vor. Haben wohl einen guten Zusammenhalt, die Schwestern. Und die Mutter.«

»Ich glaube«, sagte Lietze etwas freundlicher, »das war meine einzige richtige Entscheidung in diesem ganzen verrannten Fall. Daß Schade und Fritz sie vernehmen. Ich hätte sie wahrscheinlich behandelt wie ein rohes Ei, und Sie hätten sie mit Mitleid plattgewalzt, was, Kobold?«

Roboldt verzog das Gesicht zu einer Grimasse und sagte schnarrend: »Jawoll, Chef!«

Lietze mußte lachen. »Darf ich Ihnen auch einen von Mimis Notfall-Tropfen anbieten?« grinste sie dann.

Mimi holte noch ein Glas. Sie wollte immer noch keins, sie hatte Kopfschmerzen.

Lietze schlug sich an die Stirn. Die MIGRÄNE-Aktion! Sie sah auf die Uhrl. Halb fünf. Scheiße! Hoffentlich ging wenigstens *die* Sache gut. »Kommen Sie, Roboldt«, sagte sie hastig, »wir wollen uns beeilen, ich habe noch einen dringenden Termin.«

Als sie in Lietzes Zimmer saßen und die Einzelheiten für den Bericht durchgingen, den Roboldt abfassen sollte, fing Lietze plötzlich laut an zu lachen.

»Sagen Sie, das fällt mir gerade ein, Roboldt – können Sie sich vorstellen, daß die Zaecke mit dieser Liste, mit diesen Erpressungsopfern, wirklich etwas anfangen kann?«

»Schwer zu sagen«, fand Roboldt. »So genau weiß ich nun auch wieder nicht, wie die Showbranche funktioniert. Vielleicht sind auf so eine Weise mehr Leute an ihre Auftritte und Gagen gekommen, als wir uns träumen lassen.«

»Nein, nein, ich meinte, können Sie sich vorstellen, da ist eine Frau, und die will zum Beispiel ins Fernsehen und greift sich Herrn XY heraus und sagt, entweder du gibst mir eine Stelle da und da oder ich lasse dich hochgehen. Können Sie sich das wirklich vorstellen?«

»Ja«, sagte Roboldt. »Und solange jemand, der mit anderen Leuten Sex hat als mit den offiziell genehmigten, sich damit eine Leiche in den Keller legt –«.

»Hören Sie auf mit Leichen! Lassen Sie uns die zwei tatsächlichen Leichen hier weiterbearbeiten«, lachte Lietze und blätterte im Bericht des Rechtsmedizinischen Instituts.

»...errechnen sich aus den anhand des Körpergewichts geschätzten Organgesamtgewichten... Menge von mindestens 3,6 Gramm Propanolol, entsprechend... in allen Asservaten nachgewiesen und bestimmt werden... letale Intoxikation... Fassen wir zusammen. Béatrice Bitterlichs diabetes- und grippegeschwächter Organismus reagiert auf die an sich nicht tödliche Menge von diesem Zeug mit einem hyperglykämischen Schock, aus dem sie nicht mehr erwacht. Hans-Jürgen Wielack schliddert über verschiedene Etappen während der gut vierundzwanzig Stunden zwischen dem Tod von Frau Bitterlich und seinem eigenen auf einen Herzinfarkt zu, von dem er nichts ahnt. Auf den letzten Schock, den Einbruch der Schwestern Fürchterlich hin – das schreiben Sie aber nicht so, bitte! –, haut er sich zehn von diesen Angstpillen auf einmal rein, die ihm aber auch nichts mehr nützen. Im Gegenteil. Zweimal unglückliche Verkettung von Zufällen, Umständen undsoweiter, na, Sie werden das schon schön formulieren.« Sie sah auf die Uhr. »Oh, Gott, fünf vor Fünf! Ich muß los.«

»Sie sehen aus«, grinste Roboldt, »als hätten Sie ein – ach, naja, geht mich ja nichts an.«

»Ein Rendezvous, wollten Sie sagen«, gab Lietze kühl zurück. »Da haben Sie recht.«

Roboldt starrte sie an.

»Das geht Sie wirklich nichts an.« Lietze kicherte spöttisch. »Aber ich kann Sie beruhigen – ich habe keins, Roboldt! Die Zeiten sind vorbei!«

Noch bevor sie richtig angefangen haben, dachte sie, während sie in ihr Auto sprang und losraste. Damit muß man leben, Karin. Wer weiß, wozu's gut ist. Ach Quatsch! Es ist scheußlich, und es fühlt sich scheußlich an, und es wird sich noch eine Zeitlang scheußlich anfühlen. Und irgendwann merkst du es nicht mehr. Weil du mit etwas anderem mehr als ausgelastet bist. Mach dir nichts vor. Du bist neunundvierzig, und die Männer in deinem Alter halten eine Frau wie dich nicht aus. Die jüngeren auch nicht. Oder *du* hältst *sie* nicht aus.

Helga saß allein auf dem Mäuerchen, als sie ankam.

»Eener muß ja«, gab sie leicht unwirsch als Erklärung. »Wat macht'n dis für 'n Eindruck sonst! Wir streiken doch nich! Noch nich jedenfalls.«

Lietze parkte ihren Renault hinter Kittys Benz und setzte sich neben sie.

»Kiek ma.« Helga schwenkte stolz einen kleinen Plastikkasten.

Ein elektronisches Notizbuch! Es sah genau aus wie das, das –.

»Wo hast du denn das her?« fragte Lietze.

»Hat Kim mir jeschenkt. Damit ick nich immer im Dunkeln krakeln muß. Is doch süß, ne?«

Es *war* das Ding, es war *bestimmt* dasselbe. Jalta hatte es Kim geschenkt, und Kim hatte es weitergeschenkt. Lietze atmete auf. Dann kann sie nichts mit ihm –. Ach Quatsch! Kim sowieso nicht! Das ist ja das Letzte, Karin! Jetzt werd auch noch eifersüchtig im nachhinein. Schluß. Punkt.

Eine Enduro kam aus der Stauffenberg auf die Tiergartenstraße gedonnert. Kim bremste scharf, stellte hastig die Maschine ab, riß den Helm vom Kopf und vergaß völlig, die neonweiße Mähne zu schütteln. »Mädels«, krähte sie aufgekratzt, »et is nich zu fassen! Die Potse is zu. Unser Schmuckstück is *der* Hit. Die Pressefredis prügeln sich um die besten Plätze, und jelöhnt ha'm se, Helga! Die ha'm wirklich die Scheine rausjetan, um Interviews von uns zu kriegen!«

»Und die Schmiere?« fragte Helga kritisch.

»Die kam 'ne halbe Stunde zu spät! Echt. Aber bloß eene

Wanne. Und die is erst jar nicht durchjekommen! War doch allet dicht.«

Sie sprang auf Lietze zu und drückte ihr einen Schmatz auf den Mund. »Entschuldije, Süße, aber det mußte ma sein! Haste toll jemacht!«

Kim sprudelte weiter. Die ganze Geschichte inklusive Stimmen aus der Bevölkerung und Gerangel.

»Und kurz bevor die durch waren, die Bullen, ha'm Rosi und die andern oben die Seile jekappt. Einfach zack, durch – und wech war er. Up up and away, mittenmang im allerkontrolliertesten Luftkorridor, unser Schatz! Der muß hier gleich vorbeikommen, wenn der Wind ooch noch mitmacht!«

Kim rannte auf die Straße und suchte den Himmel ab. Die hupenden Autos bedachte sie mit einem kurzen einschlägigen Fingerzeig, ohne auch nur hinzusehen. »Da!« schrie sie plötzlich. »Da isser! Mensch, kiek doch ma!«

Helga und Lietze sprangen hoch und reckten am Straßenrand die Köpfe. Über den Rändern der Bäume und der wenigen Gebäude hinter der Stauffenbergstraße schwebte ein kleiner rosaroter Zeppelin mit undeutlichen grünen Tupfen und mit einem Nippel an der Spitze durch den strahlend blauen und klaren Herbsthimmel in Richtung Niemandsland Potsdamer Platz und weiter nach Osten.

Lietze starrte hinterher und verspürte einen Stich irgendwo unten im Bauch. So müßten Affären zu Ende gehen, dachte sie, einfach davonschweben in einen strahlenden Himmel.

»Det is ja scharf«, krähte Kim aufgeregt. »Det ha'm wa jar nich jeplant jehabt. Aber *so* haben die Mädels auf der drübenschen Seite ooch wat davon!«

Sie nahm Helga in den Arm und wollte sie zu einem Tänzchen auf dem Bürgersteig verführen.

Aber Helga stand wie im Asphalt unter dem Bordstein festgewachsen da und murmelte fassungslos, mit einem leisen feuchten Schimmer um die Augen: »Det darf doch allet nich wahr sein!«

Es gibt immer Menschen, ohne die alles mögliche nicht möglich (gewesen) wäre. So auch hier. Very special thanks an meine Ohne-Dies: Bohnert, Brämer, Brückmann, de Ridder, Dietze, Herzer, Klug, Lübbersmann, Maiworm, Radusch, Rasch, Slevogt und Will. Sie alle wissen, wofür.

Eine Extraportion an meinen mordkommissarischen Ur-Berater Werner Gerhardt, der seine »Lieblingsnervensäge« ertragen hat, weil sie *keinen* Kaschmir-Kommissar konstruieren wollte.

Und ein Kompliment für das reichhaltige Angebot all derer, die ich beklaut habe. Auch dieses Recycling war mir een Vagnüjen!

Dies ist *meine* Ur-Fassung, 1998 rekonstruiert.

Pieke Biermann 1987/98